時光莖

Queue du temps

林佑軒

Queue du temps

Queue du temps

目次

輯一 ● 時光巾

輯二●時光莖

輯三 ● 惚恍金時

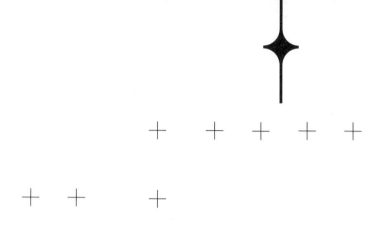

輯四●在巴黎，我亞洲的身體

跋

〔推薦序〕

巨蟹，凌波仙子，與美少年的莖

◎盛浩偉

若和朋友聊星座，聊到巨蟹座的時候，我經常國師上身似地這樣評論——巨蟹座於三十歲之前之後，有兩樣情；三十歲之前總是無事化小，小事化大，且大到把自己壓死，瞥見風吹草動就覺得天有異象，看他人一挑眉一撇嘴，自己好像就沒了存在價值與意義。外表看來是那樣溫馴柔弱，內在則永遠歇斯底里，緊張恐慌。何以故？只因三十歲前，降生此星座者尚為軟殼蟹；殼沒長硬，缺少保護更缺少安全感，所以一點點刺激，一點點壓力，一點點不被喜歡，都是關乎生死性命的大事。相反地，三十歲以後，殼長硬了，能夠抵禦世界，內在又早已經歷過無數風霜末日、見識過煉獄深淵（雖然以上都只是他過度發達的自我小劇場模擬演繹的），談吐舉止、思維情感，自然就更沉穩老練，圓融大度，境界高超。

侃侃而談，言之鑿鑿；話裡沒說的是：實際的取樣對象，就是林佑軒。

林佑軒與巨蟹座。誠然我非星座專家，不能洞悉星體運行與冥冥玄妙，所有（偽）知識只是恭請孤狗唬人，也無法定義怎樣才算最典型巨蟹。所以上述認知，與其說林佑軒像巨蟹座，毋寧說，（竊以為）巨蟹座就是林佑軒——如此斷言的理由有幾個，首先乃因林佑軒是我熟識朋友中的第一個巨蟹座，（我認知中的）巨蟹座遂以他為準；其次，一如「A就是B」的句型（Gay就是娘，姐就是罩，我就是賤……），此斷言之重點在B不在A，所以重點不是「巨蟹座」，而是「林佑軒」，或者「就是林佑軒」。碰到許多人事物時我常常想「喔這就是林佑軒」，此謂林佑軒，是個典型。

不是小說戲劇裡很扁平很樣版的典型人物的那種典型；林佑軒之典型，在於他總是能夠把諸多事項推展至非常極致之境，無論壞或好，好比他對自己來不及趕上的黃金青春年華之哀嘆，好比他對愛不得的執著惆悵，好比他對自身究竟是才華或平庸之屬的恐慌，又好比他在小說集附上自己的照片甚至還脫光光，好比他玩弄文字諧擬典故戲仿前輩作家，好比他對這世界不公不義的憤恨疾俗，在在都很極致；正因為極致，所以碰到一點點類似的蛛絲馬跡，立刻就會聯想到他，就是林佑軒。而若你以為極致只在性格或情感，那就錯了，此人聰明絕頂，有心人上網還能搜到當年他指考榜首之新聞，且後來大學念了財金系、外文系、中文系，如今又精通法語、留學歐陸，根本就是天生內建時光漏斗的妙麗，喔不對，是「妙麗根本就是林佑軒」。

讀《時光莖》，依舊驚豔讚嘆：這就是林佑軒——極致復機智，穠蕪至絕美，戲謔而深情，自卑又自戀。其中一篇〈時光巾〉寫到早已正名為「哆拉A夢」的小叮噹（難道你的童年都不算數？），我卻想，他明明更像一休和尚。不是卡通裡的一休，而是日本歷史上的那個一休。真實的一休能毀三觀，讓人童年崩壞：他絕頂機智，但更有名卻的是他的行徑，乃一破戒僧，花和尚，葷酒姦淫不忌，嫖女亦嫖男，同時還喜作漢詩，詩作重點不止在屄而且也很A，一首七言絕句〈美人陰有水仙花香〉，光是題目就道盡一切。所以說這不是很像嗎，一休，林佑軒，都在最原始、最本能的性衝動裡，行深般若波羅蜜多，悟道空即是色色即是空，用文字度一切苦厄；不懂的人只看到慾體橫陳，淫靡敗德，懂得的人卻能拾起舍利，證得菩提。又想到幾年以前《幼獅文藝》雜誌曾策劃「七領世代創作展」專題，我寫了篇林佑軒的評介，說他如何誇張地自拍自戀，卻能巧妙以自戀成就大愛，同時卻又願意在文學創作面前謙卑，甘願臣服；我遂論道：他是納西瑟斯，一個被文學度化的水仙少年，云云。然而現在只覺得應該修正：他的行文鎔鑄今古，他的典故取法東西，他的性格雌雄同體，他的題材至雅至俗，那麼，這就不會只是希臘神話中的納西瑟斯所能夠涵括，更時而讓人想起中國傳說的凌波仙子，陰柔繾綣，委身凡間卻又超脫凡間；

抑或，他本身，其實就是水仙。水仙就是林佑軒，凌（零？）波仙子翹著小拇指對世間招搖撞騙的偽神們輕輕罵聲：「幹」。

但他總是不信這些美言呀。有段期間他時時與我訴苦，未來如何陰暗，不得志如何鬱悶，是否該放棄？是否該放棄？我倆慣以姊妹相稱，我會輕喚他：幼萱，幼萱，並溫柔敦促他：「寫罷，繼續寫下去罷！總有一天能寫到無愧於天地，無愧於自己！」——你知道，酷兒文化內建反串基因，就喜歡搞這些做作的Drama橋段，表面演的是百合版姊妹情深深深雨濛濛，骨子裡是不知播到何年何月第幾季的Gossip Girl；每次他真誠吐露憂愁，我就在心底大翻白眼：拜託，你根本耀眼得令人嫉妒，我還得替你抬轎給你安慰，是否得了便宜還賣乖？但我是真的嫉妒林佑軒哪，嫉妒他可以在文章裡如此放肆，如此沒有底線，如此沒有矜持——這確實是稱讚，我常苦惱於自己太過矜持，最後就只剩矜持；佑軒沒了矜持，最後就有了矜持以外的全世界，那是一種風格的完成，獨一無二自我的體現。

總之，我們兩個太熟了，熟到對他作品的稱讚、推薦、評論，到最後都像老王賣瓜似的，心裡難免彆扭；加之，書裡寫到的本事，許多我根本瞭若指掌，從「媽呀你居然能將這事兒這樣寫」到「媽的你居然這事兒也敢寫出來」都有，是故序文若再多說一點，恐怕就掀了他的底牌拆了他的臺，只能就此打住。但最後的最後，只補充一件事：讀完《時光莖》，我仍深深感嘆，真正的才華就是才華，怎麼可能被市場所框限？怎麼可能被評論所框限？怎麼可能被文類所框限？真正的才華就是能夠擺脫所有箝制而盛放，作品會成就你的外殼，會保護你易感珍貴的心，讓其得所安放；而細莖終究能長成粗幹，只要時光，只要時光。

但願讀者喜歡這本書，並且是大鳴大放地喜歡，大鳴大放地肯定。我相信這本書值得，也會有那樣的讀者出現。而且等到那時，我就可以在心裡大翻白眼，兩手一攤，然後對著記憶裡那個曾經迷茫的林佑軒說：See? I've told you so.

輯〇●他靜俏茂美

我離開日久，他靜俏茂美

很少對人說起我的寫作起點。那是一個踏查的下午，我走在一道天橋上，天橋筆直地通向遠方，橋下是無垠的絲瓜藤之海。或是某種作物，一種非常臺灣、非常翠綠的樹或草，但是哪種葉子、哪樣花果，我已看不清。記憶中，那是一大片沒有終始的綠。

跟著我的，是早已失去聯絡的寫作會的夥伴。我們踩著水銀風格的太陽前進，我們沒有跳舞，我們也許有作筆記。我忘了我們怎麼開始的，我忘了我們怎麼結束的，我只記得我們永遠不停前進著。在荒蕪的綠中不斷向前進發。

在另外一個夢中，我獨自一人，從一個不太可能的視角，四十五度角俯瞰著一棟房屋，一棟藍紫色的房屋。其實，是光把房屋染成藍紫色的。陰暗而豐饒的藍紫色的天空，不確定是幾點。一切靜止著。遠方，光線色彩紛呈，像末世或全新的開始。

我確定我曾經真的有一個踏查的下午。那個踏查的下午，我走上了那座天橋，或引道。應該是寫作會的某次課程或田野調查。夥伴們跟我保證從來沒有過那個下午。

我確定房屋與藍紫色的光只是夢，但他總是悄悄冒出來，自我建築在眼前的虛空中，提醒我他們存在。

我用房屋與藍紫光的夢寫過小說。那是我的第二篇還是第三篇小說，我想在第一段描述這個場景。第一段寫了三千字還沒結束，夏天也還沒結束，我將它結束了。小說只有沒寫完的第一段。它是「空」。它以「空」的狀態放在電腦裡。我剛剛去找，已經找不到了。也許還放在夢中的房屋的電腦裡。

在人生的險阻中，我也遇見過與天橋和藍紫色的房屋極其相似的場景，但並沒有留下深刻的印象。在那些極其相似的場景中，我感受到些微的魔悸，彷彿有鬼神將場景罩上透明、魔幻的牛奶皮。我與奶皮有個若即若離的關係，看它凝結在牛奶表面就好開心。用湯匙去撈，奶皮就包裹著湯匙，已經是湯匙的形狀了。一無是處的人生有了實在的小成功。

有時，我來到一個地方，忽然被風景感動了。不一定是名山大川、大教堂大廣場——反而少。倒是尋常的、傾頹的家屋；雜亂天線割分的黃昏；墓仔埔旁的全新樓仔厝；被狹窄明亮的夜市照亮的垂落陽臺的植栽。這就是所謂的，風景們披著的，魔幻的奶皮。可能是光線的正反合，可能是招牌的書法字，我們被故事的可能性降伏，停了下來。故事無限可能，故事也可能為零，就只是作為一種可能性，溫柔包裹視野裡的風物。

臺鐵。鐵路兩邊彼此拼駁的建築物，曾蒙著我做兵時代的，幻術的奶皮。當時，只要搭上火車，放假、收假、放假、收假，鐵路就自動變成牛奶鍋，寧靜又豐滿地沸騰著。火車衝進鍋中，窗戶蒙上一層奶皮，我困在奶皮的善意中，看什麼都好喜歡、好有感覺。當時，我承受著來自異世界的巨大壓力，被人踹倒在地，踩著我的頭用力、用力。我以變形的眼球，透過奶皮看世界，世界煥然有成，處處嶄新。

好幾次，我想拉開車窗跳出去，加入這個煥然一新、意義泛濫的世界。但火車的車窗是封死的。後來我就懂了臺鐵的苦心。

異世界遠離，生活不再有陰陽之分。火車不再衝向牛奶鍋，鐵路通往的只是另一個生活。玻璃上的奶皮被風雨沖洗得乾乾淨淨，我滑我不再珍奇的手機，不轉頭看窗外的風景，只有經過巨大風力發電機時拾起眼皮看一看。

然後是出國，長久的出國。世界再度割分為二，我搭上久居的故鄉的公車，不知道上車或下車刷卡。車窗再度蒙上了意義的奶皮，鮮甜的乳香。故鄉變成一碗公的熱鮮奶，人車房狗皆故事。

兩個男子在機車行的人行道上對話，其中皺著眉的那個表情豐富，混雜著恐嚇與熱情。公車繞著他的臉旋轉，我定定望著他的臉，構思出一些故事。我變得平淡了。

下公車後，我領悟道，絲瓜藤之海與藍紫色之屋是奶皮中的奶皮。他們在時空異世界的切換與撞擊間偶然存活，從我某一天的人生或夢境中殘餘下來。他們本來是我對意義的渴求，而漸漸成為意義的永動機。他們是脫離牛奶，自己生長的奶皮，不依靠事物的存在而存在的，意義的可能性，或是意義本身。我構不到，但當我移動，他們也平移，保持在我前方一公尺。

輯一●時光巾

其言不善

江南有丹橘，經冬猶綠林。秋天買的柳丁縮水了，反而潤紅。冬還未春，窗外樟樹茂綠，水仙早開了，花香在讀書之際，時不時都聞得到。這樣的況味讓人浮想聯翩，我準備寫篇散文。這樣的天候原是適合寫散文的。我正在寫散文。我寫了幾個字就停下來了。我怕又寫了一篇其言也善的散文。

人之將寫散文，其言也善。好文章我們是看多了。小學，中學，以迄大學「現代散文選」，大多是法喜充滿、圓融祥和的曼陀羅好文章。安貧樂道散文家曲肱枕之，光顧那陋巷中懷石料理，為文讚美世界好光明。隱隱然刺富豪飲饌俗麗、中產階級吃食沒格。世界的光明面怎麼那麼多啊，我懂不起。我寫不過他們。

我不是難搞不合群。國立編譯館的典律駕駛著課本那樣編排，讓小讀者神佛環身，怎麼走都是救贖，都是得道，都是幸福。亡故了父親的女兒必是奮發向上，獨立撐持家計的。蘿蔔湯、煨雞頭、牛肉麵必蘊有廉美餐廳何處尋的清簡真意。浪子必是回頭，即使收場淒涼，散文家亦必從中指出一個好道理：日月輪轉，壽夭彭殤，二十五年。

我想逃。我想偶爾讀讀黑散文。

照亮我案頭的也要換上黑太陽。

黑太陽，白太陽，黃太陽是真太陽。真正明白的人也未必繼續寫作了。王陽明嗆了句：此心光明，亦復何言。他隨後再也不說話了。寫作畢竟還是一種欲求不滿。不寫的人，或許他不會寫。或許他不想寫，他想寫了也沒用。當代一位女作家，自道少時發願識遍人間書，要護持古今第一好筆，如今遁入空門，或許她不想寫了吧。好像我不懂所以我寫。我去三溫暖，看見一玉樹年輕人，長身、厚背、細腰，昂著頭挺著胸站在中間，身旁環繞著老者、身障者、肥胖者。他們求他與他們做愛。他們伸手去拉那年輕人的陰莖，他要炫耀，隨他們摸。他像貓玩老鼠那樣玩他們。年輕人的陰莖硬了舉了，好像小孩子的胳膊長，黃光燈泡下，他是太陽神。他一個個搡開了殘缺的人，挺著他的陰莖，撥撥頭髮離開。他們追上去，年輕人推倒了帶頭的老爺爺。原該是坐搖椅含飴弄孫的年紀。所以當我交了好運道，讀了篇其言也善的散文，難免我坐立不安。為什麼不書寫這樣子的物類不平。

能不能別寫親情。能不能別寫愛情。能不能別為長者隱。能不能別多寫什麼鬼的繁花落盡自甘淡泊的人生體悟。舒國治問，「有沒有一家既不叫川菜、不叫上海菜、不叫客家菜，亦不叫北京菜的尋常館子，而他的炒菜頗多，卻不見前述的宮保雞丁、無錫排骨、苦瓜鹹蛋、薑絲大腸等臺灣必見的陳菜？」我也想問：能不能。

能不能別撞見大同電鍋就掉眼淚淚寫文章憶老媽思奶奶的留學生涯。能不能別嗅到明星花露水就滿紙煙霞懷念夜上海。能不能別聽到〈明天會更好〉就懷念臺灣經濟起飛錢淹腳目。能不能別看見桂花開就忙著說細水長流勝似轉瞬間燃燒殆盡。能不能別看見老夫妻恩愛攜手就開始憶苦思甜。

我想讀一篇其言不善的散文。我想讀一篇散文，散文家吃了懷石料理，引經據典、紮紮實實把餐廳罵了一頓，幾塊豆腐一汪子水媽的就是正餐啊？他緊接著懷念中學吃的餵豬也似團體菜，懷念總鋪師辦桌那一用再用的龍蝦頭。我想讀一篇散文，專事詈斥，散播負面情緒。如果我們天天對花罵髒話，不出幾個禮拜，花會泛黑枯萎。但在心情差的時候，我就犯賤想當花來討罵。讀他文章，陪他罵。夾頭夾腦讓人潑上黑油漆也有快感。也想走出溫室來讓人蹂躪讓人踩。我想讀一篇散文，大喇喇稱讚廉價的塑膠耳環，歌頌俗麗的水鑽戒指。我也想讀一篇散文，散文家看見老夫妻恩愛攜手，他直指異性戀婚姻制度迫害弱勢最深。

會不會太累呀，這樣一個散文家。

累的人，入而不出、往而不返的人，不多。魯迅的遺言：讓他們怨恨去，我也一個都不寬恕。難。杜審言名喚審言，常有不善之言，大概與楊過，字改之同樣道理。是如何不與人善，見於《譚賓錄》，「後病甚，宋之問等候之，答曰：『甚為造化小兒相苦，尚何言？然吾在，久壓公等。今且死，固大慰，但恨不見替人云。』」不容易。但比魯迅輕鬆多了。

不輕鬆。累。這樣的散文家。

先撇下散文家吧。說來是自己罪過，我還有一事煩心。吃飯的時候路過一間新開幕的投注站。腳踏車都煞下來要掏錢簽兩組了，不知道在想什麼，怕又浪費錢吧，我沒簽，騎走了。總覺得心裡有鬼。我沒簽。如果我簽了呢，很可能會中頭獎。那是老天保我的。可是我沒簽。我心血管都折彎了，騎到路口，綠燈恰好轉紅燈。要等一分鐘半。是老天要我回去簽吧。暗示。必然是。我終於騎過路口回家了。我坐在窗前，好像自己的心肌慢慢變黑了。如果我有買，頭獎必然是我的。一定是。不是別人。我嚥不下這口氣。我為什麼沒買。怨力。自恨。我聞到水仙花的香味。牠們顧影自憐，牠們驕矜搖擺，牠們沒安慰我。我從抽屜拿出美工刀來，在牠們的鱗莖上刻了一個字「操」。

啊。我想自己漸漸勝任這樣一個散文家。

非天才及一些尋找

失蹤前你曾向我傾訴，你嚴重恐慌於創作。不知如何去寫，不知為何而寫。

那是一個隱晦低迷的黃昏，某種異樣的情愫正在生發。福利社的廉價咖啡在我們手中，我們在文學院的長廊裡。光線的黯淡勝過陰影，你覺察但不願言說。

關於創作。我們何不委身圖書館的沙發椅長談，不僅舒服並且為對談材料圍繞，涵蓋過去、現在或許未來？你說不，不了。你特意抗拒圖書館龐大的形軀及棲居其間的眾多天才，因為你過去堅持自己是，然而近來遭遇的一些感觸卻又鞭笞這樣的自命不凡，直到你俯首認錯。因為你畏懼睹見太多的文本流轉如光，而你追隨的能力卻何其諷刺地被閹割萎縮。

你似乎意識到興趣壓倒天份的事實，簡單說來就是你想，你無能。天際線的陰影湧動，如天啟，如魅惑，如譏嘲。你更加笑不出來。可是你又亟欲企及彼端的世界，就算只能短暫攀附，隨後指甲碎裂濺血，你鬆手掉落平凡。平凡於你而言恰恰相反，如此難忍。

咖啡的水位線徐徐下降。你有些詞窮，遂以一些典故、幾句雋語，累積成所有的驚懼。你曾感嘆你是一介征夫，終其所生行而未息，終其所生追不上構不著遠颺於前路煙塵的寶馬雕車香滿路。你揮不去王爾德輕佻的才華，有恃無恐的嘴角：「壞詩都是誠摯的」，你頓覺羞辱。你忘不掉一針見血的葉慈：「如果浪費兩小時卻未曾綻放一句好詩，還不如去清洗廚房」。你說服自己這其實是葉慈的自我檢討，縱然話語如此懇實。

我回憶昔日的你。

從初入小學即成為注音符號拼音聽寫比賽冠軍開始，同儕間才高八斗學富五車的指涉即非你莫屬。隨之是魚貫前來、迴還往復的作文冠軍、書法冠軍、字音字形冠軍。教室前記憶的某個殘存片段，是你向我大談特談字音字形賽制的高度困難，比如十分鐘寫兩百題不得塗改否則不予計分。國中國文考試你素來第一，幾乎成為班級常態的風景。畢業時導師叫你到辦公室鄭重地說，無論你要念些什麼，千萬不能離棄你的如椽大筆。

咖啡持續下跌，圖像越顯清晰。隨後高中三年你進入第一志願，雖然再不那麼顯眼，國文成績仍然無懈可擊。最後的一戰是指考，那年的題目〈回家〉，三十六分你奪三十二分，補習班說是中北部最高分，請你寫下範文：

「於是，我決定更加珍視回家，珍視那短暫卻美好的時光，用溫暖的懷抱，修補我破碎的翅膀，重拾我性靈的渴望，啜飲我思緒的迷醉。

當我回家，我總愛什麼都不做、什麼都不想，將疲憊的靈魂盡付眼前熟悉的一切。」

你的男校是格鬥場，所有的互動都和男性荷爾蒙有關。比成績、比外貌、比球技、比身高、比腿毛長度、比把妹實力，充斥心機與羞辱，同學的對話隱含生殖競爭的暗示。這樣的一個環境，他們再不服氣竟只能承認你於文學領域的威猛，並以長短不一的髒話描述。校內的文學獎你不屑一顧，你認定那是風花雪月。

你的意氣飛揚與自以為是。

我提醒你你猶存跋扈的記錄。因此你只是暫時沉潛靜待下次的浪，藉以衝上浪頂而奔馳在美麗的光裡。你笑了，嘴唇揚起的角度沾染咖啡的苦滴。

你說你大學後隻身前來陰雨連綿的北部。這裡只適合香菇居住，雨和霧的定義如此尷尬，校園化身遠為兇殘的肉搏戰，大家各施神通見血封喉，連杜鵑也戰爭陽光的多寡。你恍然大悟，發現天空太寬，自己太渺小。你屢屢於昔日壟斷的領域被擊潰，步伐益加艱困，自信隨時崩毀。什麼能名之創作，什麼僅能名之堆砌，你現在才知道。

你飲盡最後一口咖啡。仍是廉價的苦，多了沉積糖粒尖銳的甜，甜得諷刺。

忽然你彎彎曲曲地哭了一聲，叫道：你看，直到咖啡喝光了，我連它的品類都叫不出。曼特寧？藍山？拿鐵？我的創作會不會像這杯咖啡一般廉價、差堪飲用，隨後被遺忘，再沒人提起我的姓名？

你開始揉搓紙杯，還原，揉搓，再還原。紙杯的皺褶蔓生，褶裡殘餘褐色液體。你訴說你為了成就野心的嘗試和付出，又及一些層層疊疊的夢和隱喻。

你說你曾以某種罪惡的姿態潛入圖書館，狂暴地閱讀作家們的作品，古典現代東方西方你沒個放過。閱畢，你挑選一頁最精彩的撕下帶走。然後你食用它們。依據風格典型的不同而有不同食用方法，傷春悲秋鬼地民歌散文駢文韻文祭文新詩悲劇喜劇鄉土傷痕武俠黑幕後現代意識流。孟浩然輕快新鮮，你把書頁夾入田園三明治，文字與萵苣一同進食。黃春明那一頁，你在吃巷口肉圓乾麵時偷偷撕碎了灑進紅白醬裡。楚辭是濃香，琦君是淡香，你分別配上玫瑰和桂花油炸，油墨增添花瓣的深度。你說張曉風、簡媜、徐志摩太過豐滿濃密，所以你只配著水服用，五公分見方配一口喝。普魯斯特讀來昏昏欲睡，你勉強於就寢前咬上一角，等待夢裡的連環圖片。你堅持認為，藉由這種近乎神祕主義的儀式，你毫無遺漏地攝取吸收被食者不世出的天才橫溢。

你仍絮絮叨叨。但聽到這，我總有些驚懼。課堂上教授的嘆息適時閃現，她感傷所有的天才除了作品外都是渣滓，但又有幾人如此天縱英明，能夠同時擁有作品和渣滓？天才是命定，普通人一輩子努力創作，臨到五、六十歲才醒悟自己永遠要為那些命運之子踩在腳下，好一點的將在教科書裡留下一行附註抑或說解。你冷峻地說，不能因此放棄了。你說如果你是天才，放棄了怎麼辦？

但如果你不是呢？

你說食用駱以軍的那個夜晚，你焚燒書頁，揚起一團迷離、恍惚、華麗、淫猥與悲傷。你缺氧似的將煙霧吸入擴張的鼻翼，像犯了毒癮一般。嗣後你將紙灰倒入酒精之中翻攪旋轉，一飲而盡。夜裡你如預期地做夢，那是比白日更為嚴厲凶險的夢。夢裡的你置身故宮展覽室，隔著玻璃是〈前赤壁賦〉。你溫柔地以指腹撫觸玻璃表面，玻璃融化。你拿取〈前赤壁賦〉，精讀一遍，然後一字一字撕下，將東坡的墨跡送入口中。保全員持槍射擊卻被東坡阻止。他大笑：讓他吃吧，吃掉一整個庫房，他也不可能成為我！

紙杯的圖案油墨被搓揉得模糊難辨。你說那個夜晚，你哭著驚著嚇醒過來。

●

失蹤半年後你自我的懷想及驚詫中現身。你遞給我咖啡，仍是福利社廉價的那種。我們重返文學院的長廊，緬懷當日黑色的交談。

你說你前往不列顛之南的某個小鎮。關於小鎮名字，你僅知曉近乎中文的「恩典」與「雪」。

你說，你去乃為了求索一點才氣，企圖藉由陌異化環境的刺激尋回原本手握的彩筆。畢竟，你說，偉大的創作往往降生自離鄉以及歸返的撕扯，比如那位被你於夢裡吞噬的東坡。但你說起初你很痛苦。你探究才氣與文明、文明與差異、差異與創作的關係，卻無意間察覺在你的文明裡你欠缺高度，你的文明高度可能同樣遜於別人的文明。這種表達看似複雜實則傳遞簡單的意念：你和你的文明恐怕先天上已有殘缺。

小鎮開滿鈴蘭的上坡路，街頭藝術家的譜紙散落一地，你幫忙撿起。

他講述一個他鍾愛的故事作為感謝。「從前有位十九歲的女傭迷醉於鋼琴的樂音，她變賣所有財產，不辭辛勞抵達維也納某音樂學院拜師，期盼成為名鋼琴家。又一個十九年過去，老師說，沒有天份的人吶，快快回去吧。她看著因洗碗而粗糙的手，悲傷遂難以言說」。藝術家說這就是他們的精神，殘酷而強大。他說即使是街頭藝術家亦膜拜稟賦，不論是奏三絃琴的，抑是全身塗抹白漆靜止不動頭戴桂冠化身雕像的皆服膺若此。你臨走，藝術家驕傲地補充，他覺得他很幸運。

大教堂的尖拱、飛扶壁和彩繪玻璃令你仰望良久，希臘公共澡堂的柱旁繆思女神尊嚴地挺胸。你細看她的髮、眼、鎖骨、胸脯，體會所謂「這張臉，讓三千條戰船下水」的真義。才華的豐沛近於咒詛，你的心湧升折服與絕望。你說，如果還有來生，能否有機會達到如此高度？

你感受到亙古、強大、俊美、不朽、無敗、征服，當你面對他們。當你臨鏡，你看到的就是渺小、衰弱、平庸、幻滅與永恆的挫折。

我想起某位教授的課堂總是洋溢激進的論調。他主張我們應背棄佛道釋儒，擁抱科學與威勢。東方文明的舒緩閒適讓自身服下慢性自殺的藥劑，心力被宗教挾持，身力如行屍走肉。唯有仿傚日耳曼式理性下的野蠻底蘊，民族才能被救贖。醒轉後我才發覺，聆聽這樣的講演如同自底層起始的崩壞，初時振奮但後患無窮。

聽聞你的述說，我心底也隱約有所不安，彷彿教授的預言即將應驗。誠然，誠然我只能安慰你。

情況益發嚴重，恐慌於你歸鄉前夕達於頂峰。你說那晚你幾近瘋狂，只想留下一些東西在異地表達自我的忿懣。

那麼，你選擇做了什麼？

你說你住的那間便宜旅館品質低劣，奇妙的是浴室擁有優美華貴的白石磁磚以及維多利亞風格的裝飾。那個夜晚你沖澡時盯著磁磚胡思亂想。

磁磚，白色，四吋見方，好像宣紙九宮格。你想起小時候練習書法的光景，想起蠶頭雁尾懸腕提腕吳竹墨汁等等術語。

當時你靈光閃現，你說。

你仍一絲不掛。拿出背包中的筆墨紙硯，那原本是你打算與當地人交流才匆匆放入的。走進浴室，你將水花轉至最強，沖刷磁磚旁的半面石壁。你蘸墨提筆，懸想幼時書法老師的種種教誨，屏氣凝神，然後你開始書寫。

書寫？我驚呼。

是的，書寫。你說初時你運筆緩慢、字跡拙劣，想來是太久沒碰。不久氣順了、心靜了，熱霧間或冰涼的蒸氣裡，你以整面白石磁磚為宣紙綢帛，點豎撇捺隨心揮灑。濃黑淺黑的墨跡隨水珠下落，筆劃間轉折拖迤的趣味，幽遠而何其詭異的景致。情緒漸達高潮，你書寫〈蘭亭集序〉：「又有清流激湍，映帶左右，引以為流觴曲水」，蓮蓬頭的沖刷嘩啦啦響徹耳際。

初時你僅想洩忿，報復這個國度，沒有讓你求索到任何才氣還讓你絕望如斯。你企圖留下一灘爛黑難以清理的髒水，揮毫只是好玩有趣。隨著牆面漸漸填滿，你領悟這樣行為更深層的暗示。維多利亞風格的浴室，你以筆墨書寫破壞，誠象徵某種對這個國度的挑戰，對文明的侵入性穿刺，對天賦至上論的抗拒攻伐。

但最後你驚覺彼種書寫恰巧證明你的存在。你在異鄉書寫古舊的感懷，這些感懷原本即自作者的異鄉生發。你說，你原本的傷痛、困惑及自卑頓時痊癒，因為你恍然，你和圖書館架上的眾多作者其實合而為一，你們欣悅相同的欣悅，感嘆相同的感嘆。你們都是天才也都不是，你們擁抱相同的終始。

那時簡直狂喜得快發瘋了，你說。

你說返鄉的那一天你益發明白，遂以更為溫潤的方式歌唱你的知曉。你復前往希臘公共澡堂的謬思跟前，自脖頸取下自小佩掛的林默娘平安符，嵌進繆思脖頸後的小窟窿。我詫異地問，為什麼？你說那將作為你創作繁盛的肌理。其一，符留異地，時時為你汲取異文明的古舊底蘊。其二，林默娘或許鎮住繆思，反證你與你的文明並非居於劣勢。其三，符在你在，符留異地代表你永遠居於異鄉，當你於時空長河沐浴，白磁磚前你將懷想眾多天才是你的先行者，領你一同前進。總之這讓你站穩了腳跟，如嬰兒的臍帶黏附與母體子宮中的黃金汁液，彌補先天的不足，長養你勃發的撇捺。

陰影自長廊無聲退去，紙杯不再皺褶扭曲。你說返鄉後你復夢見東坡。這次並非令你沮喪的狂言訕笑，而是溫潤的招呼與鼓勵。關於創作，天才與否再也無需討論，亦無所謂恐懼。

時光巾

幾張素齋鋪桌的紅布都讓我剪成方形，四角硬勾勾的扎人。我正在畫一條布，大小錯落的時鐘圖案，粗調味料似的灑在布面。時針、秒針像隻虎口，指住十全十美，十點十分。正面畫了背面塗，這條塗完那條畫。畫了一條又一條，一條又一條。「這是時光巾，」喃喃自語，好比剛才，跪地誦的咒語：願晝吉祥夜吉祥。

願晝吉祥夜吉祥，晝夜四時恆吉祥。一切時中吉祥者，願諸三寶哀攝受。

願晝吉祥夜吉祥，晝夜六時恆吉祥。一切時中吉祥者，願諸上師哀攝受。

願晝吉祥夜吉祥，晝夜六時恆吉祥。一切時中吉祥者，願諸護法常擁護。

沙啞的經文從門縫不情願擠了出去。布們層層疊疊壓在藤編椅頭像鬼壓床，藤椅如如不動，不新亦不更舊。這是時光巾，同時用太多條怕會互相抵銷。——我鬆了口氣，望向房角金帷幔，裡邊的棺槨無怨得像是嘆息。

當時，儘多白髮的媽瞪著我雙手獻上的布，眉頭皺成兩道疑惑的清溪。「這是時光巾，」我操持彼種融會貫通的驕傲腔調，彷彿是在暗示這神物乃她兒子所發明的。這條包巾，很多的小時鐘。一面紅色，一面黑色。紅的這面覆蓋物品，能加快物品的衰老速度；黑的這面蓋東西，倒轉了它的時間——久遠了的，媽媽不在了的午後，我才一拍大腿，想出了如此嫻熟的解釋。獻布於母的舊的我，則操著快要進入青春期的，討人厭男孩嗓音，向媽講述這品小叮噹神奇道具，它天工開物的妙處。

解嚴前三天出生的我，大抵與我的朋友們，好比有個人於小蔣去世那天誕生，「你傢伙把國家治理得好哇，」好事者拍拍那人的肩開個政治態度曖昧的玩笑——十年風雲過後，我們這一代的孩子都是小叮噹迷。是在小叮噹正名為哆啦A夢之前，在小男生初次夢遺，小女生的初經前。二十二世紀的機器貓，負了男主角大雄的孫子，世修的重託，飛赴二十世紀後半葉的日本（盜版的翻譯是：臺中），與大雄同生共活，盼望改變他懦弱愚拙的性情，鋤去未來貧苦的禍根苗。機器貓的四次元口袋裡幻化出的法寶，好比小蔣——姑且喚作小蔣，畢竟他與前總統同日生死——黏土塑的竹蜻蜓，漫畫裡小叮噹的朋友們將這具貌似民俗工藝的小物戴在頭上撳了一鍵，就會歡快旋轉飛起來，遠遠晃蕩在天際線上，七十年代的昏黃布幕。後來我們一群孩子進了醫院探視碎了下巴頦的小蔣，才知道黏土蜻蜓雖然不擅飛翔，卻擁有開光過的幸運——小蔣再多爬一層樓，我們便要架時光機才見得到活生生的他。

小叮噹的時光機安在大雄書桌的左抽屜裡，放課後，父母不樂意贈之以漫畫書的鬼孩子們，提袋直接扔上了電視機前，按開了那預測未來的黑盒子，看角色們鑽進抽屜，做時光旅行，拯救大雄的恐龍，海底鬼岩城；或是從抽屜裡手牽手跳將出來，一次成功且英雄意氣十足的遠遊。角色除了大雄及機器貓，還有技安、阿福，以及宜靜。對比益發鮮明，前兩者是反派而後者宜室宜家。孩子王技安是掃地時間，拿竹帚敲我們頭的碩胖學長。富戶阿福總帶著他的遊戲機來班炫耀。而大雄與宜靜的互動，顯然讓年幼的我們，想起了學校裡那個阿美，坐在我們旁邊的時候，莫之能禦擎起了美工刀，在桌上刻一道線。超過線的時候，想想那把刀——逝去的光陰拉長了距離的美感，失去聯絡的阿美在腦海裡亦出落成亭亭豔立的冷女，那道刀刻的溝實不過鉛筆痕跡。然而宜靜不像我們的阿美，宜靜不會這樣，她只會拉小提琴、做作業、洗澡哼歌，等著漫畫家讓大雄誤闖進來，好潑他一身的水。色狼——啊，色狼、色狼、色狼——那時脖子以下，依舊清潔無毛的我們眼底，只覺得哇靠，是妖怪嗎，妳宜靜永遠不老。

我拿出袋裡漫畫閱讀時伴著我的老媽媽。

人到急時，便是認份去行。素來要求的優雅細節，遂淪為報喪的馬蹄踩過的園中花。病房的媽特別顯老，媽的病房則是綠斗室，色素而非芬多精。天長日久以後記憶如木造物之敗壞，裸出了其中鋼骨：我還沒拿穩那嘔吐袋呢，媽就嘩聲迸放，潑到了腳底尿盆。

我在病房裡必須寸步不離，這時節就感謝自己還記得揣上本書。當時約莫三十初，與媽日夜相伴則必須犧牲部分的我，好比我的工作，我的朋友，我的性需求。過了幾年懷想，就性方面來說，病房簡直諷刺：男女共處一室，我們是母子至親。搖曳的綠窗簾為媽送來了光又奪走它，但終究她不欲求什麼，靜靜的在那裡皺著她的老臉。我則為了擺脫壯年男子雄盛的淫念（無暇釋放，下體精液滾沸）以及長久以來寫作者關乎想像力的訓練所致的，伊底帕斯弒父妻母的荒僭思索，翻開了離家之際帶來的漫畫，機器貓小叮噹。

童年集體膜拜的，機器貓的願力世界，這個時候看來，不啻是漏水的牆、斷肢的床、安歪的樑。好比某集短篇，大雄的爸生日就要來到，大雄認為應當要送個禮，找小叮噹商量商量；偶又聽他小職員的爸爸抱怨，他讓上下班尖峰時段的電車擠個頭昏眼花。機器貓就拿出個土撥鼠似的道具，從家裡到公司給爸爸挖了條私人地鐵。暈陶陶的爸爸一如意料真是心滿意足，這麼好的禮物與他的兒子真是人生無憾。他們出發未久，卻遇上真正的地鐵施工。「不能亂挖啊，這裡有地鐵經過。」執事人員皺著眉頭說。急匆匆坐上土撥鼠鑽洞機器的他們企圖易向而行，死不死又遭逢堅硬地層。竭力未果，跳下土撥鼠，手操十字鎬親力親為。實難忘結尾爍耀的親情光輝——西裝滿是塵灰的爸爸摸著大雄的頭，說：你有這樣的心意，爸爸已經很高興了。

爸爸已經很高興了。像這樣的一個故事，國小的日子讀來乃一種曼陀羅的溫馨，受到刺激之後，路經饅頭店還會帶豆沙包回家贈給父親。如今卻不作是想，我已是壯年男子，正照顧病榻的媽。我發覺隱隱然這短篇比小時候更難讀了，實在疑點過多。十字鎬哪裡來？地鐵錢哪裡來？二十二世紀的大雄子孫豈非貧戶之家？待到最後，驚覺自己以老成持重的口吻，輕蔑地吐出一句：「挖個什麼地鐵，用任意門不就好了」。日後我在種種場合問起幼時與我換書的機器貓的同好，是這種「用這個是幹什麼，用那個不就好了」的，為漫畫抓漏的針砭心態，無形中對自己喊：完了，完了。我是大人了。我是大人了。當下那同好恍不覺我的悲戚，遞來一張名片，頭銜是某襄理；搶走我話頭說，「有空來我家泡茶，也好也好」。

更兼卓越與驚怖的是，於某些漫畫短篇，我讀出小叮噹的後設意味。

我以我青年所學、壯年之所從事，為我的童年操刀。大學時代的文批訓練，所向披靡運用在我的漫畫珍藏——我曾如此深信，而它們那麼單純。病房裡的成人閱讀邁入了危險境地，那個暗光的下午媽又更老了些，我讀的短篇名喚〈遭殃的話〉。漫畫伊始，大雄兀持拿繃帶包紮，說是碰了電桿。一如往常，他向救星哭訴，自言「出生於不幸之星的下面」。翻頁，他拿著小叮噹的道具——災難報知機——測試，在房門外的走廊上扔下一個圖釘，作勢踩過，果然這銥狀物嗶聲大作，那可憐的孩子便安心出門去玩。翻頁，發現外頭處處危殆的他，歸家準備開門，那機器卻又大作嗶聲；「大雄這孩子，圖釘丟在走廊上。回來後，再好好教訓他。」門裡的媽媽氣惱地朝著小叮噹說。——閱讀至此，青年以來培養的理論屠夫已自暗暗磨刀——大雄又跑離開家，回到街上，卻驚覺走到這、走到那，嗶聲未曾稍減，顯是愈發鳴響。嗶。又響了。嗶。聲音愈來愈大。嗶嗶嗶。究竟是什麼災難……霎時他躲避的牆角上方窗子一開，嬰兒哇哇大哭，小夫妻擊水桶澆了他痛快滿身。「好不容易孩子睡了！」他們憤怒地說。

測試道具效能的圖釘，成為了道具意欲防避的危險；道具本身警告危險將至的聲響，成為了招來危險的原因。重回了童年礦場，企圖開挖寶藏的我，醒悟了昔日珍視的，好比國小書桌抽屜裡的，當時花了好久才從百裡選一收藏的嶄新十元硬幣、科學博物館的塑膠鳥類徽章、怪異的黏土恐龍——失去了殊勝地位。亦並非視若寇讎，只是一文不值。沒有掌聲同時也沒有噓聲。像是暱稱為愚人金的黃鐵礦，童年的礦場中俯拾皆是，以為撿到了寶，富可敵國的孩子，於時間的檢驗裡無所遁形。反而研究起礦場的土質與礦工的薪資水準，這些昔日忽視的道旁石。研究起兒童漫畫的破綻（時光機的時空悖論），研究起漫畫背景的歷史價值（大雄的年代約當七十年代的日本，小學生在空地打棒球，打破了一旁日式房屋的玻璃，老師則穿著木屐），研究起漫畫作者的人生觀（藤子不二雄對於小讀者的期許究竟為何）。構築出批評與理論的演武場（小叮噹這部漫畫穿梭時空，令人驚奇地運用了後設與解構的概念，何況乎魔幻寫實），需求更為迫切的時刻則對人物有所慾求。（好比洗澡的場景裡，宜靜）。

宜靜。

下體滾沸的壯年男子終於發現，宜靜是純真的機器貓兒童漫畫之中，通往再也回不來的世界的鑰匙。

最後的那幾天真是美麗。病榻上皺著老臉的媽不知道我做什麼，我也不在乎她。單人病房的盥洗室裡，大雄在窗外偷看，投降的我則擼動著我生殖器。

凌晨時刻的佛樂收音機替下了親戚喑啞的喉。

帷幔重重。媽的棺槨就在那裡。

我盯著媽的遺照，驚覺自己也像小蔣那般癡傻，做了不少的道具送她。圓臉矮短的她近乎是小叮噹了，她還在的時候我不敢與她說，想哪個女人不望自己好顏容。她不在的時候我也不想燒香告訴她。勿要顛倒妄擲我的親愛，但哪有大雄做道具送小叮噹的道理？

願晝吉祥夜吉祥，晝夜六時恆吉祥。一切時中吉祥者，願諸護法常擁護。

我掀動了帷幔，將我畫好的布，為棺槨蓋上一條。極小心不蓋錯面，要用黑的這面覆上她。輕輕我回到我藤編長椅，躺下之際，為自己蓋上一條。「這是時光巾，」我鬆了口氣似的呢喃。

二十五歲

很尷尬，二十五歲。

醫學研究顯示，腦力與肌肉的發育在二十五歲是為巔峰，之後就走下坡。

下坡路傷膝蓋，我已有心理準備。尷尬的是，我沒發現我曾有上坡時候。

《康熙字典》則說：「尷尬，行不正也。」

行不正，何也？我不後悔過去二十五年所為諸事。欸，自小我集寵愛於一身，國中以市長獎畢業，高中以校長獎畢業，身體好，精神好，愛清潔，有禮貌，人人見了都喜愛。我絕不後悔，絕不。

往往我路過母校——故鄉校地最小、人口最多的國中，四面高牆尬住了學弟妹的青春。其實尬不住的。他們迎面朝我走來，在校門口的鹹酥雞車買了堆積成山的章魚、米血來吃。直是紙袋裡濃濃一座埃佛勒斯峰。為了皮膚著想，我已久不食炸物了。他們走過我的身邊，野地的春香氣味沿著國中圍牆流蕩開來，失手掉落的甜不辣塊，砸在男生濃黑的腿毛上。女生繡著字的、隆突的胸口，躺著幾粒蒜屑。

聖母峰麓，生態系的起點，初長成的森林。

國中生發育的時候，會增高、會變大、會長毛。

看到他們，我就想：發育是真好的事。

不，我不、我不後悔讀國中的時候為了段考熬夜，油著張臉喝便利商店廉價咖啡背歷史直到天明，遲緩了我的成長速度。一臺火車，本來好快，如今鐵軌間灌滿沙礫。來回跑個幾遍，車輪全給毀了。母親則穿著一襲鬼白睡衣現身清晨的房門口，質問我怎麼不睡。她能夠清除那些沙子貝殼，讓我的骨頭馳騁八方，但她沒發現有這必要。

媽，我在讀書啊。

喔。母親漠然地回房睡覺去了。

「一九二二年，蓬萊米引進臺灣。」

「百樂門是上海四大跳舞場之一。」

這類的章節註腳、附圖說明我背了不少。日後，好比現在，我可以在拉長的生殖器、抽高的腿腳上、激流的血管裡看到那些字。

彷彿我的發育是為了課本而不是為了自己。

所有的課本堆疊，也不過半人般高。半人般高、半人般高——我去照了X光片，醫生說你的骨端生長板都閉合了。閉合了！醫生！它竟然閉合了！不是沒希望啦，醫生，這溫柔的中年男子，不耐煩地說：早睡早起，坐姿要正，坐姿正了，看起來高五公分。走出診間的時候，母親在身旁喃喃自語：「查甫大到二五，查某大到大肚」。二十五歲，我是全家族男子最矮的。與堂哥表弟走在一起，頭頂像炮轟過的城垛。我想起那個清晨，我母親漠然臉孔，忽然有點討厭她。

（至於綜藝節目「康熙來了」，尷尬則是後製的時候加上去的氣泡。不好笑的時候，你想，他們怎麼賺錢，就讓粉紅氣泡包裹著天藍的、少女體的「尷尬」兩個字，在來賓身旁爆開。）

父親覺得「康熙來了」很無聊。這還是在餐桌之上，趁讀武陵高中小堂弟離席添飯之際跟我說的。堂弟下臺中偶爾會借住我家，用我家的電視收看「康熙來了」，恰好與父親收看無線新聞的時間重疊。父親不好意思說。老歲人的溫吞。亦是一種美德。他常會歇上木椅，與堂弟一起觀賞節目，汗衫下是鬆弛的奶。「那你幹嘛跟他一起看？」我問。「打發打發時間。但是那個節目確實無聊。」父親說，「只有你們年輕人喜歡。」

（父親說，你們年輕人。）

（剛剛我們四個走進飯館的時候，老闆的女兒問：幾個人？堂弟說：四個。我與父親說：三加一。）

（由此可知，堂弟的年紀，住旅館亦是方便得多，不必避諱。）

父親、母親、我，以及我的堂弟，在一間飯館用餐。

座落在五權西路的飯館於客家菜系一味獨沽本城。他們還在鐵皮違建裡做菜的日子我們就是老主顧了。今天我們帶堂弟來吃。他們的白切土雞做得極好，真像早春的校園裡，盛開的流蘇晶花。客家小炒與糖醋魚肚也都地道。我，二十五歲，吃過的全國幾十間館子的小炒，偷工減料的那可多了，以炸過的豆乾代替肉絲的有，刀工粗糙的也有。他們的小炒一上桌則發青熒光。香，甘旨中見唐山媽當年苦辛。肉絲多（肥瘦錯落有致，凸碧凹晶），魷魚少，提味而已。蒜段綠影橫斜。像是和式插花，牆外有竹管隨流水鏗鏘上下。像用頭抽的蔭油涮過你的人中，再用大火燎去你的細毛。你於焉在飯館裡有個小小新生。

菜的好還沒說盡，堂弟又去添了兩碗。

糖醋虱目上桌了。父親對堂弟說，我在你這個年歲，盛個四、五碗是沒問題的。你們年輕人最是會吃。說完他看我一眼。

我則看著堂弟面前狼藉的雞骸豬骨。他幾乎一個人吃了半盤白切。

以前我也這樣，放學制服都不脫，和他們就來飯館，一甩書包就盛飯。盛飯，米尖尖的像用來拜，母親看見就罵。我拿起鐵調羹，唰唰舀起幾調羹的、醬與油陰陽分明的小炒油汁，潑上我的碗尖，呼呼呼，唰唰唰，掃出一個白飯的盆地，對著母親嘻嘻笑。嫌呢，我還嫌呢，嫌土雞清淡沒有味道，直接抄起沾醬的小碟子，淋了一些在飯上。蔥蒜辣椒的都在裡面。

吃鹹敗腎喔，母親又罵。

我能怎麼樣呢？鹹酥雞吃慣了，白切像是喝水。肉絲，肉絲我專揀肥的，肥到一節節像白蠶的我愛。我喜歡一口咬下，豬油濺爆在嘴腔子裡的痛快。小心你的血管！母親罵到一半，老闆娘走向我們，母親只好瞪我一眼。

「欸，最喜歡看妳兒子吃飯了，看他吃飯，我們廚師就覺得做這菜有價值，不是白活。」老闆娘邊說邊端上一盆福菜湯。「請你們喝啦。」隔著蒸氣，母親皺著眉頭。憤怒，擔心，還是驕傲，我不知道。

（堂弟又添了一碗飯。）

（鹹蛋苦瓜上桌了。父親夾了一片。）

我夾了一片苦瓜放在碗裡。

二十五歲，還不到吃苦瓜的年紀。

徐國能談過，苦，「味之隱逸者，晚秋之菊，冬雪之梅，須待眾味散盡方才知覺」。

真尷尬二十五歲，對十幾啷噹的呼嘯，興致已衰。鹹酥雞，飆車族，西瓜刀，海灘褲，流行歌，甜不辣，頦下的軟鬚，腋窩的嫩毛，躲迷藏的喉結，連續射精的小雞雞，凡此種種都已他方。二十五歲，民法上早成年了，得吃下更重的責任，吃不下桌上的第二碗飯。今天我客家小炒只揀蒜與魷魚來吃。魚肚就用筷子撮下邊際帶點胡椒的精肉，糖醋醬裡微微一沾，配一朵飯進口。肚的精華，中央灰黑色的膏腴地帶，我覺得——唉，惡心。父親與母親亦不吃。

堂弟看了看，全掃進他的碗裡。

可是二十五歲不是三十二歲，年少眾味還沒散失殆盡，是以吃不了三十二歲的苦，沒有那種輕熟年的篤實。我現在上臺講話還會發抖。

來不及十七八歲，到不了三十二歲。真尷尬啊這二十五歲。我喝湯。

（又添了一碗飯，我這堂弟。）

（豬腳上桌了。）

豬腳上桌了，堂弟剛好回來。我想給他夾一腿，就挑了腿最大塊的。我穩穩地戳起來，正想往他的碗奉送下去，他卻眼明手快地戳住那第二大塊的，騰雲駕霧般運回他的碗裡。

大概他以為我威脅他。

我只好渾無事般將豬腳掠回自己碗裡，安在那片苦瓜的旁邊。

餐桌上堂弟啃豬腳而父親吃苦瓜。我嘗了一口豬腳，好肥，我想起心肌梗塞紀錄片，血管裡拉出來長長一管黃脂肪。幾乎是用扔的扔回碗裡。又把苦瓜夾起來，咬了一角，覺得不很適意，硬是吞了下去，表情已經讓父親瞧見。

「小孩子學人家吃什麼苦瓜！」他說。

四說新語

話說，這是一個怒寫一發散文der概念。

有人生氣了。
什麼中文嘛。
辱沒老祖宗。
你們語言癌。
那日是兩女子。一女子胸懷《說文解字》，一女子胸懷《*Norton Anthology of Western Literature*》。我與她們在椰林大道錯身。

「妳跟妳男友還好ㄇ？」洋文女子曰。

「甩惹。話說，這是一個怒甩一發男朋友der概念。」漢文女子曰。

「啊不就好棒棒。」洋文女子說。

「超棒der。」漢文女子曰。

女子同乘鐵馬去，此地空餘一個我。我愣愣站在美不勝收的杜鵑光影中。

噫吁嚱，蘿蔔糕哉。

來了，來了，我們的金色語言時代，從臉書上輕輕地滾下來了。

我已哭。

是日，我發願為新語作傳，為我新一代文化興革怒戳一發力。

坐穩囉。

話說篇

瞧我從「中央研究院漢語平衡語料庫」找到的資料。

話說有個老太婆供養一個和尚二十年之久，她建造一間庵堂……

話說當年海明威整天夢想當文學家，有一天，鼓起最大的……

故事之濫觴。一切大江大海，裂岸驚濤，自「話說」涓滴始。亦人生濫觴。童騃時，不都是馨香暖倚小被被兔兔抱枕，聽馬麻「話說，好久好久以前……」入夢。人類自造的小宇宙，飄浮於人間世的巴比倫。「話說」一出，天雨粟，鬼夜聚，聽「人故事」——祂們覺得超恐怖。「話說，話說，臺中鬼氏林先生，白日不慎，誤闖人屋。該人屋，陽氣濃厚，林先生如坐針氈、戰栗不安，飄穿了最後一道房門……洶湧陽光襲來，一厲人，持符咒、狗血、桃木劍，猛然竄出！」「呀，好可怕——好可怕——好可怕——！」祂們無聲大謳歌。

從原民神話，到荷日物語，再到四五六七八九年級小說家；從Gilgamesh，到Homer，再到J. K.羅琳；從山海經，到吳承恩，再到曹雪芹，像沙雕城堡，草織蚱蜢，筷造手槍，泥捏狗狗，創造的原慾推動敘事的熱情。人類文明養成了聽見「話說」就轉頭、等待、聆聽的默契。

於焉有世變。敘事漸泛濫。耳朵不夠聽。「話說」率領的故事，隨文明之興而繁，復隨文明興之又興而簡。俄而，網路的銀世金時，人，漸不耐四十章、八十章、百二十章。讀一頁杜斯妥也夫斯基而丟，讀一句「幸福的家庭各各相似」而丟。到最後，讀一字「我」，也不耐，也丟。

流變至今，歷史終結，「話說」宣布獨立，不再需要故事。「話說」就是自己的新郎。Millennium。

話說我好想尿尿。

話說他屁屁好黑。

話說我被二一了。

如此句式之於七年級臺灣人，即拉丁文之於梵諦崗。我們的時代，「話說」解放成功，抽枝長葉。牠對著鏡子呢喃，牠再不為人作嫁。牠成為泛用的發語詞，牠的軀拖著的，不再是龐大、完滿、曼陀羅的敘事，是孤零零一句話。語畢，永遠也沒有了。牠是蝸牛變蛞蝓，輕快又開心，海天任遨遊。

話說你聽我說嘛。

話說我才不要聽。

話說我沒有故事。

敘事雄燃的熱情，終究拋下了敘事本身，像硬了翅膀的孩子鳥飛向天空。人人說而無人聽的時代，話說成為每句話的開頭。敘事的假動作若能完滿生命，又何必敘事本身？

每個人都覺得自己故事飽滿。於焉在話語中，擺上一隻隻空蕩蕩的小凳，就算沒人，自己也坐在圓心，說呀說的。

der篇

學弟：der是什麼？

我：喔。你要問der der用法是吧。

學弟：不是der der，是der！

我：就是der啊。讓我告訴你der der用法。

學弟揍爆我。我送急診。

我來不及說的是：der，「的」也。典出一戲謔語：

GGininder

什麼意思，難登大雅，暫按不表。反正就是，讓國中男孩午休後，起立卻站不直的物事。又好比：

超爽der

真～der～

月亮代表我der心

我der妹妹der馬克杯杯敲口愛der

用der代替「的」，旨在以「不應捲舌而捲舌」，直球迎擊「應捲舌而未捲舌」。半世紀來，多少臺灣人承受了ㄣㄥㄕㄙ不分的批評。規範性語法的幽靈，盤踞島國領空。今我年輕人為民前鋒，夙夜匪懈，以毒攻毒，大音嬉聲，拆毀這樣der偏見。嶄新的語言實驗，讓語法重回衍生，又帶出諧擬的意趣。超棒der。

是一個的概念篇

這是一個天衣無縫的概念。

如何解釋這句話？覺得少了主詞？於是把主詞補上：三民主義。共產主義。毛主義。史達林主義。安那其主義。

三民主義，是一個天衣無縫的概念。

好像對了。那這一句呢？

這是一個翠玉白菜的概念。

這是水果日報的標題。大量的世說新語從水果日報這個語言的破口，進攻道貌岸然、搖搖欲墜的語言羅馬帝國。

這一句呢？

這是一個我超飽der概念。

這是我學姊剔著牙跟我說的。

這一句呢？

這是一個你他爸的超賤，欠揍是嗎，的概念。

還需要主詞嗎？

是一個的概念，究竟是一個怎麼樣的概念呢？

時代是行銷語言的時代。講者必稱大師，比丘必稱天師，新書必稱百年一遇，建案必稱慢活崗石都心大苑精工豪墅美宅夢想家。在美而美食早點，嗑著工業用美乃滋三明治，翻著桌上扔著的油膩膩時尚雜誌——啊，得其所哉。其詞之油膩，可以對著太陽煎蛋囉。

薇朵香榭有機概念樂活沙龍

本季春夏的概念是英倫復古

為您示範今年秋冬時尚街頭酷跑概念

概念女孩為概念男孩整理了九大穿搭概念

概念的颱風襲來，吹出一個暈頭轉向的概念。

概念，即觀念（做兵時，學長好談「你各位要有觀念啊」），即理念（做兵時，長官好談「我有我的理念，你各位去申訴啊」），即idea（就學時，教授好談「Good morning各位，today我們要來come up一個acceptable的idea」）。金色時代，人人主張強烈，誰不想活成一本時尚雜誌。修圖軟體，已奇到蓬頭垢面入，《美麗佳人》出的境界囉。於是雜誌成為概念店，人人買回家去DIY。同時，雜誌亦以民間為概念殿——街拍。素人。意念。理念。墨水分子細密拼貼小模明星夢。

上下交相擷，人人往十五分鐘的針尖旋轉的時代，「是一個的概念」從原本的：

相對論是一個卓越的概念

新語言是一個生猛的概念

這樣的主詞補語，虛化了——成為嶄新的、空心的情態副詞，將平凡的資訊時尚化、姿態化。姿勢指使知識，到處滋事。

這是一個翠玉白菜的概念。——「這是翠玉白菜。」的時尚奇情姿。

這是一個我超飽der概念。——「我超飽der。」的時尚奇情姿。

這是一個你他爸的超賤，欠揍是嗎，的概念。——「你他爸的超賤，欠揍是嗎。」的時尚奇情姿。

活生生語言的修圖術。平凡、卑弱、猥瑣人生，從今何必直面。所有的破爛屋都成咖啡廳，所有的香港腳都成好望角，所有的庸常小事都有了自己的生命、自己的想法、自己的姿態、自己的——概念。一切遭遇，都像IKEA的商品那樣完美、有序、有靈魂，背後都有了深刻發想。——平庸人生，於焉處處有光。

將自己概念化——就像拿筆塗人臉，塗成一張肖像畫那樣。是一個我對是一個的概念這句型最有概念的概念。

怒一發篇

學姊：喂。夜衝一發貓空泡茶了啦。

我：好熱血喔，學姊。

學姊：一定要一發的啊。

我：衝了。

學姊：學弟有前途。

我：學姊不要表我啦。

學姊：一定要表一發的啊。

十年前我入大學，抵達了語言的熱帶雨林——黑話傾瀉在我好奇的眼睛中。如「表」，通「嗆」、「ㄉㄧㄤ」，基於友情的出言不遜之意。如「有前途」，通我爾後當兵學到的「有觀念」，識時務、懂眼色之意。語言死而語言生，十年過去，有的今也則亡，如「表」；有的瓜瓞綿綿，如「熱血」；有的勇猛精進，如「怒一發」。

是時「一發」尚未怒。我們說：吃一發。喝一發。衝一發。翹一發。唱一發。考一發。嗆一發。告白一發。打臉一發。哭一發。宿營一發。之夜一發。跪一發教授。退學一發。「一發」之為量詞，昔往數算的，是弓矢、是子彈、是火炮、是飛彈，蘊意「強大的動勢」。今天，我們則拿來數算一切動作——就像螢幕上的阿波羅號屁股噴煙飛向未來，人們騎著動作的太空梭，在積弱不振的人間衝鋒陷陣。社會愈悲觀，前途愈茫茫，血就必須愈熱，熱到血薦軒轅，汗能煮海——「發」之不足，終於加上了「怒」。從此，「怒一發」即成定式。如：

怒吃一發
怒翹一發
怒約一發
怒尻一發
怒po一發
怒回家一發
怒去故宮看一發清明上河圖

「怒」不是怒——不是生氣。「怒」不是敘事內容，而內建形式之中。

所以：

怒怒一發

完全正確。「熱血地生氣了」的意思。

怒怒怒怒怒怒怒怒怒怒怒怒怒一發

套套邏輯，好像也ＯＫ。

「怒一發」，我這一代青年精神象徵。時代擠扁青年，時代訐譙青年，時代移送青年（想幼時，真愛卡通阿貴以及訐譙龍。二十年後，我們成為無數的阿貴，面對著無數訐譙龍。啊社會。）多少人已無大夢，嚼著美奶滋化工漢堡，翻看《壹週刊》〈壹青天〉專欄「劣劣劣」，心中怒怒怒。肚爛一怒，怒髮衝冠，只合將滿腔青春熱血，又拋又灑，付與生命中一切動詞——讓能量在最細微的動作裡，都高強度揮發出、打擊出——每分每秒，微HOME RUN。行為再不起眼，都變得義無反顧，千騎捲平崗。

鈞長訐譙的語言癌，將是千年後課程委員會的必讀四十篇古文。鈞長痛恨的屁孩，將是千年後與明鏡齊懸中堂的偉大肖像。

本來就醬。

語言死，語言生。語言的世界，橫的移植、縱的繼承；橫的融合、縱的訐譙。國人超膜拜der、補習班氤氳而生der英文（君不見職場Vicky與Jerry齊飛，program與cost down一色），曾是法國人鄙夷的北蠻鴃舌；超浪漫der法文，曾是羅馬總督白眼翻到海王星der鄉音土語；超holy der拉丁文，曾是希臘人聽到就holy shit的莽夫愚言。

而我們，一邊悼惋著語言之死，一邊瞪視著語言之生。從王莽到王國維，每一時代都有人捨不得自己嘴裡的美好，於焉乘著焦慮，訐譙語言癌，訐譙滿嘴語言癌的屁孩。殊不知，屁孩光纖釀逆，世界串聯，組成第一屁孩國際，旗幟是一個@加上一個☺，輸出世界語言革命。

英語世界對此有自覺。多少論文研討著，網路語言的勃興，將對這世界第一霸語產生何等影響——屆時，哥利亞將在大衛面前倒下。

覺得俗氣？粗鄙不文？沒轍的。歷史語言學告訴我們，語言是春草，漸行漸遠還生。語言是狗，人類最好的朋友，不可能陪您一萬年——狗會老死，但會生出小貝比。你覺得小貝比醜，你的孩子覺得牠真可愛。

真要說不入流，說想洗耳朵，人家甲骨文作者沒氣到　啷彈出來，指著我們的鼻頭，開記者會痛斥：「你個語言癌！」就萬幸了，你曉得嗎。

眺望遠方，舉手齊眉，人類當意興遄飛。

時代考驗語言，語言創造時代。

以上，是為四說新語——四種時代新語言，學而時習之，不亦說乎。邊說邊呼呼長輩的頭：乖，這是我們的時代。蠻族將攻下元老院，國語課本將由後往前編，孩子將坐上委員會的大位。

看哪，遠方的王座上，可愛的小女孩敲下了議事鎚。她以清澈無比的童音，宣布著：

話說，這是一個曷與乎來der概念。

咨！爾多士，請追隨我，怒創一發金色der語言新時代。

捨不得

我與白爛黑站在中一中前。我們被警衛擋下來了。

「出來，你們不能進去，」警衛說，「大人在開課綱調整座談會。」

「我們是這所學校的學生。而且我們長毛了。我們是大人，我們要參加！」白爛黑對警衛脫下了褲子，「你看，客舍青青柳色新。」我也比而不周，做了一個雪中送炭的動作：「你看，芳草萋萋鸚鵡洲。菇之哉！菇之哉！」可是警衛馬上將我跟白爛黑擲地有聲。

「走吧，跟我來。」一個聲音說。我回頭——一個薯叔，綁個花巾，穿個飛鼠褲褲，衣著鬼斧神工，超時尚。

「你是誰？」我問薯叔。「為什麼這麼好心？」

薯叔望天不語，帶我們走進了情色和鳴的座談會。

座談會。薯叔舌戰群蠕，百年多病獨登臺的教育部長人比黃瓜瘦。

白爛黑已經是我最蘭心蕙質的同學了。他為了慶祝自己勇奪讀經小狀元，在《論語》裡夾了嚴選A片偷渡來學校，里仁為美，揪團一起欣賞成人之美。那天，他譬如北辰，居其所而眾星拱之。不過眼前的薯叔比白爛黑屌一萬倍。他誰？

橫眉冷對千夫趾的教育部長準備不脛而走了。一中生圍成八陣圖，部長大江東去，黑頭車準備逆風高飛。

忽然薯叔吼：「要作戰，便作戰！」一中生吼：「自己的教育自己救！」所有人如蟻附羶，千騎捲平崗，包圍了香車美人。薯叔羅襪生塵，趴在引擎蓋上，意圖力挽洪瀾。但部長轉動法輪，薯叔執黑頭車的牛耳，又飛黃騰達了好一段路，才在多多茶坊前面無邊落木蕭蕭下來。

「薯叔，沒怎樣齁？」白爛黑焦急。「我們好捨不得你喔！」

「ＯＫ der。」薯叔的眼睛，有一棵松柏之後凋。「我捨不得的，是你們。」「他們大人，都是惠施。」他遠眺蒼穹。一隻蝴蝶飛來，停在他肩膀上。

惠施？誰？我看著白爛黑。

忽然薯叔大叫：「幹！我的手機呢？」

我們全員幫找。但一路上只有補習班講義的碎片「作文公式精解」以及一堆雞排骨頭。

「幹！幹！幹！幹你爸的部長咧啦——」薯叔哀嚎。他裙擺搖搖像隻小鳥，跑到十字路口。黑頭車絕塵而去，保險桿上羚羊掛角一隻亮晶晶的唉鳳。

薯叔仆街。

「捨不得——我好捨不得——」薯叔仰天長嘯，一中街被震得觫觫掉渣。

手機行裡。我們看著破涕為笑的薯叔，跟他手上那隻嶄新der唉鳳六。

「你是誰？」白爛黑問。

「大人都是惠施。」薯叔似答非答。白爛黑心有靈犀——

「你莊子！」

「叫我阿周就好。」阿周燦笑。

「你來幹嘛？」

「來救救孩子。」

「你怎麼會捨不得一隻唉鳳六？」

「換作是你，捨不捨得？」

「他們說你捨得。」

「他們什麼咖？」

白爛黑拿課本給他。

阿周狂笑，「都惠施啊。」他指著〈莊子選〉：「作者？題解？白爛。最好是醬。筆借一下。」他塗爛了好幾課的作者肖像，包括一個罄竹難書的老詩人，與一個醬髒春風的散文家。

「來，我們selfie一張。」

阿周、我、白爛黑對著鏡頭齊燦笑。

「時辰到惹，我要走惹。」他執白爛黑之手。「少年人，你們要好好保重。世界上太多惠施了。你們要做自己。這你們的時代。」

「掰。」一隻大葫蘆從天而降，阿周揮手自茲去。我們愣愣看著大葫蘆旋轉，旋轉，旋轉，飛向太陽——

白爛黑忽然蹲了下去，滿頭是血。我一看，唉鳳六。阿周的。

「幹，我手滑——」雲端的阿周聲音：「超——級——捨——不——得——der——」

我跟還在流血的白爛黑，日暮倚修竹。

一萬個捨不得。

我們的教育，只是一場寂寞的遊戲。阿周走光了，課本是惠施編的。惠施編了一大堆惠施進去，世界上的惠施就愈來愈多，愈來愈多，愈來愈多。

等我們長大，我們要——但我們會不會——

我哭了。

我哭得不能自己。

我跟白爛黑手牽手，踏過滿地的課本碎片，走進了臺中一中。

（本文為應《聯合文學》雜誌之邀以二〇一五年國中會考作文題目「捨不得」為題諧擬創作。）

審己以度人

於戲乎！曹子恒啊！您躋身建安七子之首，文治武功，漪淤盛哉，千年萬載英名揚，霸據蒼穹！您如椽大筆，屏息覃思，揮就萬古雲霄一名篇《典論論文》，寄語大千眾生、莘莘墨客，審己之過先於度人之心；度人之量源於審己之雅。何等氣魄，何等豪情，讓海內外多情兒女掬一把英雄淚！西哲涂爾・幹・尼采・孟德爾・爽，亦殷殷為言，「刮人鬍子，懶毛，鬍子之前，必先刮自己的懶……

我趴在題本上睡著了。深深睡進輝煌的教育部範文美學之中。

我跟白爛黑坐在臺中孔廟。考後第一天。

「考得怎樣？」

「幹。超爛。」

白爛黑笑出了汗牛充棟的白牙。那牙在門庭若市的豔陽裡羚羊掛角。

我深深、深深著迷了。

暗戀他好久了。今天就要告白。

終於也走到這一步了啊。

溼莖，七月流火。

兩小無猜的我們，從童年起就不斷欣賞對方下面的黃髮垂條，還常常伸進去瞎子摸象。我們靠著彼此的肩膀，魚貫而入青春期，胯下輪流培養芳草萋萋鸚鵡洲。進了臺中一中，我們在單槓羚羊掛角，在廁所宋玉吹簫。

黑黑，你知道我的心意嗎？

我正要啟朱唇，發皓齒，他搶先了。

「跟你講一個祕密喔。」他的嘴巴如蟻附羶我的耳。

「我國文考超好的。」

「什麼嘛。」我有點失望。

「沒有什麼。只有為什麼。你知道為什麼嗎？」

「我跟孔子上床了。」

殺小？我魚躍龍門了起來，進化成暴鯉龍惹。

「是這樣的，」他一臉無辜，好似倩蓉觀契。「操他教育部長的什麼爛題目。我寫呀寫的，就睡著了。半夢半醒之間，題本變成了《論語》。然後，它破了一個洞。洞愈來愈大、愈來愈大，有個小人向我招手。我恍恍惚惚，像阿基師一樣，咻~一下滑進去了。」

「我掉到一片蘭心蕙質的草地上。後面有條河流，好多裸男在裡面軀水流湯，雞雞爭先恐後，垂手可得。我後來數了一數，總共七十二條。」

「有個高高的熟男跟我招手說，你好ㄇ。我叫丘。叫我好丘就好了，或叫英文名字Johnny『蔣妮』也行。我說你好ㄚ，你頭怎麼凹凹der。他說喔就吾少也賤手一直去摳啊，就變醬了。喔對了我姓孔。

『你要我來幹嘛？』

『因為我要教你寫，』他仰望蒼穹，『審己以度人。』

『審己以度人的奧義就是，』他的眼睛水火同源，『吮己與督人。』

「我忽然都懂了。我百聞不如一劍步上前摸他褲褲。鷗買尬！裡、硬、大、銅、鞭。而且龜有光。他說鞭長，莫急。我想也是。這鞭把五千年四萬萬炎黃子孫甩得七葷八素的呢。」

「我們在太陽下親親之曬。『我示範：吮己。』他說。他下腰、下腰、再下腰……剎那間，鳥翅初撲，連成一個無懈可擊的圓。真是郁郁乎文哉。

『現在，輪到你示範：督人。』他拿出一個皇冠，秦始皇戴的那種，戴在我的頭上。河裡的七十二個裸男對我露出了郎被圍姦的同情笑容。原來古代這麼hardcore啊。」

「他翹高屁屁，叫我騎上去。真是俯首甘為孺子牛。我邊騎他邊爬呀爬，轉圈圈，遶床弄青梅，流蘇葩葩葩打我額頭，戴著皇帝帽的我葩葩葩打他屁股。啊，啊，他嬌嗔大喊，大力，大力，迪迪不要停，不要停，不要停，迪迪不累迪迪不累蔣妮play蔣妮play……」

「我愈來愈用力。為什麼你知道嗎？」

白爛黑遠目八荒六合。一中的操場裡，眼鏡學弟成群打著籃球。

「因為我心中，湧起了一陣悲涼。」

「我頓悟了。這是最好、最好的報仇機會。我想到了兩千年來，四萬萬痛苦的小孩。我，我要幫他們報仇。」

後來？

「愈大力他愈爽。我放棄了。」白爛黑聳肩。

「他帶我來到河邊，我們在彼此的身體裡。水裡映照著的我們滿頭大汗，超快樂。我明白了吮己與督人，與，審己以度人的真義。」

「唯有審判自己，擁抱真實，才能度人到快樂天堂。」

「我醒了。滿紙口水的答案卷上，赫然出現一篇華麗的教育部標準範文。我哭了，眼淚滴進口水中。謝謝你，好丘。」

我一字千金，塞滿嘴巴，卻一聲都發不出來。

跟白爛黑一起快樂的，在戴著皇帝帽的他的胯下葩葩呻吟著的好丘，料得到兩千年後，他將成為『真實』的終結者嗎？他的毛孔像花一樣盛開，每一滴汗都映出彩虹。這樣一具極樂的身體，所產生的思想……

捷運的道德魔人、博愛座糾察隊、日日汲汲於審己（怕老、醜、死，吃一堆養生不養腦的有機食品）以度人（哼，我的幸福不能輸！）的大人，那些跪著還大喊「讓我跪！這是我的福氣！」的大人，那些戴著面具睡覺的大人，那些被剝削、被啃食，猶然捧讀Line貼圖「平安！理性！祥和！感恩！認同請分享！」的正能量尾大不掉的大人，不就跟夢裡的好丘一樣，是被幹愈痛愈爽邁向高潮彌賽亞的一群悲哀者嗎？

白爛黑站起來，準備壯士一去吸不復返。

說時遲，那時快，孔廟傳來兒童讀經班的聲音。琅琅的童音，喜悅地喊著「大道之行也，天下為公……」

裡，硬，大，童，鞭！
白爛黑的下面，高山仰止。我只好幫他，愚公移山。
洛陽紙貴的夕陽中，我們站在八佾舞池擁吻，就像沒有明天。
……。
我醒來。幾乎空白的作文紙沒有奇蹟，只有滿紙口水。
我交了卷，走進豔陽中。
白爛黑在陽光中等我，露出了美麗的白牙。
我審己以度人，還是什麼都不敢說。
閱卷老ㄕ，給分ㄅ。
ㄅㄅ。

●

我恨你們。你們都是鬼。

是你們弄出一個怪異失真的系統，讓一群孩子永遠鄙視國文、放棄國文，讓另一群孩子蜀犬吠日，敝帚自珍，夜郎自大，井底之蛙，（哇我用好多成語噢這篇一定滿級分），在詰屈聱牙的小小世界自我登基，翹高屁股參加國語文競賽，糾正別人的發音。是你們襲奪了孩子的想像力，從此男必貌比潘安，女必沉魚落雁，作文必起承轉合，修辭比少年的初精還多。

如果沒有你們，也許我十五歲，就不是在冰冷的會議室一遍又一遍，發音著腔調噁爛的演說，而是在滿是露珠的草地上做愛。也許我十六歲，就不是日寫百遍「贔屭」「旮旯」「吐谷渾」的字音字形肥宅，而可以是周旋愛情、萬眾矚目的王子。可以在校園最高處射精，可以擁抱世界的真實，可以，我可以……

不可以。都不可以了。

恨你們。恨死你們。

（本文為應《聯合文學》雜誌之邀以二〇一五年大學指考作文題目「審己以度人」為題諧擬創作。）

敬請　道安

我的數學老師威震四方。當年，他登臺前、登臺中、落臺後所說的話，已為同好、弟子、再傳弟子輯成語錄，蔚為補教無冕王、臺中孔仲尼、水利大樓畢達哥拉斯。他「九」必讀成「狗」。他讚人或自讚「冰雪聰明」，必拗接一句不知所云的「玉雪可愛」。他簡化算式，亦必曰「孔子說，相同羽毛的鳥，總是聚集在一起」。他抹豔到會發光的古龍水，香氣的分子在空中解析出來，有陰陽眼的資優生說是硫酸銅的晶瑩藍。他怕英文，怕到前排的女中生總用英文鬧他，她們派英文演講比賽冠軍跟他一直說英文，他天打雷劈，躲進講臺去。

曉得凡此種種，盡皆設計與偽造時，我難過了好久。

後來，我自己登臺，執那可悲的粉筆，並與其他補教名師交流，才曉得他們口中的「業界」——我恨業界這詞。臺灣人油腔滑調的發明。當年殺人越貨的海盜集團，好比顏思齊與鄭芝龍，暢談南洋膏腴、新創理念時，必也是業界東，業界西啊業界長，業界短（畢竟，臺灣海峽就是他們的矽谷）——假的比真的多，賣的也比真的好。

我微釋懷。

補教界有苦衷。是何其教育之美（「美哉！偉哉！倒頭栽！」一國文名師的口頭禪），會讓補教同業的網路論壇一致認同，「給菜鳥的初登板建議之五：記得發明口頭禪讓學生模仿，切記，切記。」

●

發明口頭禪讓學生模仿。喜好必得鮮明。擇善固執（九必讀成狗。冰雪聰明必接玉雪可愛。麥克風若不鍍金便拂袖罷教）。嫉惡如仇（國文老師恨數學。數學老師恨英文。英文老師恨國文）。人好看的便sedo成偶像明星。人醜的，來個豬哥亮髮型，取個法號「上豬下哥亮亮亮」，以諧星泰斗傳道（「各位，人生是一場羞恥play。」臺下熱淚。）授業（「豬哥亮比諸葛亮屌，知道嗎？」臺下熱淚。）解惑（「歡迎收看豬哥亮的國文秀。」臺下熱淚。），大成功。

帥，必得帥到定位，不宜帥笥甚囧。醜，必得醜得殊勝，醜得止於至善，不宜醜得未成一簣，醜得行百里者半九十。

怕青椒怕到死，說到青椒他尖叫，下了臺靜定吃椒。視另一名師為寇讎，言必稱「我跟他決鬥！」該名師也配合演出，於是國文數學兩相歡，招生榮景就像地皮爆香天空的重劃區。「林A黃B龍虎鬥！誰的學生比較少，誰就要吃對方的鼻屎！」學生溢出，爆發，滿貫。落臺後，電梯巧遇了，也不攀談，誰也不認識誰，門開了便往各自的寶馬走去。就像鏡前親密戀愛的少男少女團體，出鏡後各自陌路。也有那種真的感情好的。林A與黃B吹捧昔年純情，「我追我老婆，從北投走到南投。」「我老婆生氣，我從南港跪到北港。」一落臺後，兩人勾肩搭背酒店去。另一種恰相反。臺上浪子多金，言必稱董孜董孜、撿屍撿屍，其實愛死其妻，其妻也愛死他，感情濃厚到爆也乏味到爆。像塊沒蘿蔔也沒蔥白的烏魚子。

上臺便是另一人、另一景、另一世界。上臺便是起乩，從圓形人物活回扁平人物。真的愛恨從此逝，偽的愛恨超繁榮。學生太容易操縱了。像《壞壞總裁我不要》的讀者。我太擅長了。寫小說的雅愛製造人物——我只不過換在臺上寫小說，製自己為英雄，為超人，為大力士，為英雄超人大力士身旁猥瑣詼諧的跟班。感受得到空中的大筆刻出石墨字跡為我上色，我荒唐的輪廓愈來愈清晰。

教到後來，學會了出離。我不是我的我。額前一公尺處，我看著自己講著不存在的口頭禪，愛恨不存在的愛恨，推衍不存在的個性，化身三千大千不存在的角色。

我不是我的我，我是嗆爆賣油翁的沈三白，我是拿酸橘子砸落軌癡肥老爸的小李杜，我是草間大搞車震「ㄜ河ㄜ河，哈尼你好逆害ㄛ」的二蟲，我是舔兒子肚臍眼的差不多先生，我是家邊有五柳樹的鬼娃恰吉，我是山坡上輕輕滾下來的杏壇子，我是答案在問題反面的激問小叮噹，我是潘希珍李家同羅家倫席慕蓉司馬遷王安石蘇東坡飯島愛愛愛不完，夕陽西下餘光中扶搖直上的聞痰藍鳥，我是開花的樹蘭嬌，我是林逋逋車，我一事吳晟，我白靈果，我……我……我……。我是世間情，一切原子隨機組合。我無心亦無頭。

幹，超棒。佛陀要是加入我們補教業界，必然更早開悟，得證阿耨多羅三藐三菩提。我在虛線的菩提樹下，面對頑石弟子，回回好認真，回回不馬虎，演練性空假有，細味緣起緣滅，更有天魔天女、天女天魔變幻不休的導師（都不要上了！出去！給我滾！班主任進場大吼。）逆增上緣來翊贊。

而無心亦無頭，只因為心中只有小朋友要考五A加加六級分啊。

無頭之師便是帥。業界早看破了：老狗變不出新把戲。只要對準孩子腦細胞不拘一格塞教材，立馬郁郁乎文哉。業界燃犀之見。

業界燃犀之見。內容愈無聊，老師愈有趣。扁平人物超有趣，上課像看熱血少年漫畫，恐怖獵奇漫畫，瘋惚舞娛漫畫。因為內容臭臭der，老師只好香ㄆㄆ。

沒辦法呀，這教材。

都謳歌考題「靈活」「創意」「鑑別度高」，其實萬便便不離馬桶其中。以為題幹加上周杰輪、淋菌潔，教育就有救。以為閱讀測驗畫漫畫，就是大創新。考的仍是字音字形噫悲哀，文法修辭噫悲哀，季節判別噫悲哀，語文常識噫悲哀。

怎麼形容好看男：玉樹臨風。形容好看女：沉魚落雁。判別秋：菊與霜。（此二物於臺灣出現最多的是告別式與冰箱。所以，要感受秋意濃，宜於親炙禮儀社的冰櫃。開櫃，賞霜；關櫃，賞罐頭塔與白菊花。於戲！秋意濃矣！）判別冬：梅與雪。（此物應只玉山有，島國難得幾回聞。名副其實「冷」知識。）寫作文：修辭愈多愈好，起承轉合必要，首尾呼應高超，快快激問呼告。「噢！想像力！難道，不是您，帶我飛翔的嗎？」

這教材厲不厲害，繡口一吐就剩半顆糖，一言而為天下髮指：讓一群原本生氣勃勃的作家死成一堆白骨字，成為文學「正典」，永遠的Parody對象（誰曉得朱自清幹了什麼？只曉得他爸撿橘子去了）；讓一群原本慨然有澄清天下之志的老師變成卡通人物；讓一群原本青春洋溢的孩子乘興而來，敗興而返，然後乘怨再來，從此對文學有荒謬的認識。

擬人化國文教材，紙面即浮現一厭世的腐儒、倚老賣老者，嘆世風日下人心不古卻無明確方法論，只好「超越」以至「自在」。「自在」害了多少孩子。

救救孩子。也救救老師。這教材像一悲哀老危樓懸浮於社會之上，讓多少老師乘著商機活成扁平人物。只要用鬼斧神工的方式，讓孩子科舉掄元（噫！我中啦！媒體咸集，恩師畢至，孩子煥然躋身國家文學新星），即能春風絳帳，匹夫而為百試師，洵為泰斗、祭酒、大方、方家、大家、執牛耳者矣。

噢！難道，猶然，不夠，悲哀，嗎？

體制內，名山大廟的學校裡，也愈來愈多老師流行這些了。尤其是國文老師。國文教材太容易做反差了。試想一老師勁歌熱舞，beatbox一句「歲寒yoyo然後知松yo柏yo之後凋yoyoyo」是多麼嘻哈、多麼「懂時下的年輕人在想什麼」——珠光寶氣的家長會長贊曰。

老老師啟朱唇，發皓齒，學生北窗高臥羲皇侶。相形之下，麻辣鮮師可親多了。XD笑臉。

不是說那些眾口交譽同時千夫所指的麻辣鮮師不好。

只是，他們這群看似最做自己的老師，其實也許，正是最不做自己、將真我放逐到昔年那還會受傷的心裡，緊鎖如蚌之人。

老老師做自己。他們真相信這套教材，把自己活成了乾枯的聖人，上課像坐缸的肉身菩薩。是真我。黑黑的，癟癟的，按下去彈不起來。迪化街的香菇沒人敢說不真，只是乾枯著。

麻辣鮮師不相信這套教材。他們曉得：

教材已失聲，老師只能假音，破音，海豚音。

教材已彌留，怎麼玩都沒差。

教材已發臭，只能用炸的。

也只有鮮活得這麼悲哀、悲哀得這麼鮮活的玩法，彌留者才附魔似地還魂回來。

識得一位好男人，好同志，愛路跑，千人斬，閒時無非跑步或找人做愛。多麼健康、多麼豐滿的有情人生。只恰好，他亦是，國中國文名師。讀他臉書專頁，確然絳帳新春風——用「時下年輕人」（家長會長語）的話，交陪ㄅㄨㄚˇㄋㄨㄚˋ，青青子衿傾心。唯他仍不能對學生出櫃。他的專頁看似做自己，其實做的不是自己。是自己的相反。

識得一位好老師，名校國語文競賽培訓教練。學生呼她「象腿小咪咪」，他甘之如飴，更在講壇上勁跳「咪咪象腿舞」，舞畢，哄堂大笑。她回辦公室趴著哭。

麻辣鮮師永遠做不了自己。教育現場，老師的「做自己」蓋皆手段而已。要說起來，我高中數學老師，遲到早退二十分鐘只為打網球，這才真是做自己吧。何其有幸如伊的，多嗎？伊我校畢業讀師大，師大畢業回我校。孩子周遊列國，回家了還是孩子，大孩子小孩子歡樂課堂瀟灑走一回——誰能何其有幸如伊？

好逸惡勞，求人稱讚，出櫃，妒恨，睡懶覺——這是人之真實。教育不是要面對真實嗎，文學不是要求索真實嗎。怎麼到了教育現場，這些真實永遠隱匿在彩色的口頭禪、喬好的睚眥愛恨、勁歌熱舞的後面了呢。這樣子泯滅真實，好嗎。無法教導孩子直面人生的真實（孩子，我覺得你好帥好可愛），反而在身上虛構一種假的真實，以之（而且唯能以之）傳授一套假到不能再假的教材，這不是——激問法——人類與紙張共同的悲哀嗎。

汝不以為然，汝曰：奇怪了，那你就正襟危坐、焚香沐浴、吐納調息，肅然傳授本教材萬古流芳、天地歸心之價值可矣，何哉閹然媚世，和光同塵？

我曰你試試看。你試試看，這樣做，恰恰突顯了教材之荒謬、之不合時宜、之貴古賤今、之欲寄生新世代、實現亡佚舊夢的企圖。你若決心贅成課本的每一顆墨水分子，即活成一腐儒。就像自助餐老闆，執一餿魚清蒸之，曰：「如是方見其醍醐味矣。」

二零一五年的今天，你統領著你偉岸無匹的讀經班。小狀元戴著紅澄澄的狀元帽，揮舞著《弟子規》，朝拜著三代聖王，吼喊「文化不能亡」。

你不覺得很Hardcore嗎？

而我們麻辣鮮師只曉得，這尾身上刻著「滿分」二字的餿魚魚，學生是吃定了。

就炸啊。

太腥了。我們邊炸邊哭。

●

所有公立、私立各級學校、南部、北部各大補教，一切新一代麻辣壇杖、青春西席道鑒：

聰明的，你告訴我，我們是不是都一個樣。裝瘋賣傻為麵包。豈不是今之嵇康阮籍，竹林七賢，為了遠禍求活，狂哭，打鐵，露懶趴。偉大中絲絲浸潤荒謬，荒謬中美輪美奐偉大。

我們是插科打諢賣笑的小丑，我們是八荒六合威風的國王。是國王中的小丑，是小丑中的國王。

廁所裡寂寥抽紙，滾筒空隆空隆的聲音。清水潑臉，抱著教具上工去。胸口挖了顆心形的洞。我們永遠不會哭，永遠不會勃起，永遠不會臉泛潮紅了。我再也不是我的我。謹此奉稟。敬　請

道　安。

海味三清歡

蚵

一時蜆精當紅。男人流行研究小玻璃瓶營養標示的鋅含量。說是鋅與聞了男性荷爾蒙與精子的製造，所以一振雄風必備。

同學會的聊天，話題從車子、工作與股票，不曉得怎麼轉，轉啊轉，轉到了鋅。老男孩，或說小男人，靦腆交換這方面的意見。愈來愈多人的容顏都浮現了好爸爸的光輝。

這幾年的同學會，話題我愈來愈不能參與了。只有我留在原地，面向過去，喃喃自語。遠年那些好笑的事情，大家都不關心了。於是我恨恨地、孤單地，一個個點數過去——你們這些傢伙討論個屁鋅啊，沒機會用到的，討論徒傷悲；有機會用到的，屁股在冷氣房坐成一顆顆的冬瓜，免疫力下降，體脂率上升，去建材行買鋅板來啃也沒用。

可是我愛過的男生坐在桌子尾巴。當年愛恨已釋懷，只是當年舊事當年夢。點數到他的那個瞬間，我仍震顫了下。便幻想他大嗑海鮮，尤其蚵仔與蛤蜊這一類腥鮮動物，之後，便是鼠蹊春榮榮，我乘春意踏花歸。是一種色情的符徵。

我中學的兄弟們都不會說話。見愛慕的人，便訥訥；坐擁一房間的色情符徵，相當愉悅。這種男人，臺灣多。他們鍾愛聽陳奕迅〈你的背包〉：「我的朋友都說它舊的很好看╱遺憾是它已與你無關」。身為同性戀，覺得陳奕迅長真醜，醜男紅是意外，不紅活該，兄弟們卻掛著耳機，邊聽邊，涕泣零如雨。怎麼會這樣。

後來我曉得了，陳奕迅與他們都是一樣。相處起來，都要交心交到，跨越了某個臨界點，他們才會怯怯展示自己的一點點。受了傷又縮起來。徹底交心的那天，便是死期，也是信任無極。像豐美的大蚌。他們都好蚌。

曾愛上其中一隻。以蚌喻之，大概是活醃的、又小又嫩又腥鮮的蜊仔。鹹蜊仔我摯愛，手工藝，大隱隱於小吃攤的功夫菜。不能用蛤，用蛤的是白目，不是愈大愈好。精揀新鮮蜊仔，一隻隻以刀剖開，很危險，像談戀愛，甜刀光，蜜劍影，不慎兩敗俱傷。然後注入調味眾菜醃製，人人隨喜，調整醬油、米酒、蒜瓣蔥條、辣椒比例，一天半後，能獲得殊勝味，嘗之有清歡。

唉，我愛上的，如此易與就好了。是的，他就是個又小又嫩又新鮮的男孩子，整天跳著街舞，關節一震一震的。他小小的身體，於我就是天空。

我得了字音字形比賽冠軍，「靠，」他說，「你好厲害。」「考考你！」

我隨便比了個詞。蛤蜊。「ㄍㄜˇㄌㄧˋ！」他答。「錯。」我手搭上他的肩。「ㄍㄜˊㄌㄧˊ。」「幹咧。ㄍㄜˊㄌㄧˊ。」他照著唸了一次。他小小的肩膀又嫩又暖，像活醃的蜊仔。

他真的——隔離——了我。我著急地叩著他的殼，愈叩愈緊闔。他躲著我，像斧足躲著刀。我的蔥條與米酒，進不去他。

再見面，是好久好久以後，我走經南陽街，他蹲在騎樓抽菸。說是過得不好，被二一了兩次。那一瞬間的我，像面對著一個好不容易撬開，卻空無一物的貝殼。

後來去澳洲，在阿得雷德博物館看見一令我訝豔極矣的物事：一群嵌於石塊中，蛋白石化（Opalized）了的蛤蜊。形仍是蛤蜊的形，質已是青森若星雲，轉動則每一瞬有每一瞬的彩虹。

春花豔異，海天高遠，此物兼美也。不禁綺思：世間一切無望的戀愛，都祕密在地底找個安靜所在，悄悄地、悄悄地長成寶石。日後我已不再恨，回想那靈魂上割著腕，一次又一次的年月，也漸漸覺得甘美。那小小暖暖的肩膀漸生永恆的藍綠色寶石光輝。藍綠是我們制服的色，當時像海藻，是的現在像寶石囉。過得久些，離得遠些，審美的眸子也就賞得深切些。回憶的觸角把玩著他。當年的苦戀，像一群蝌仔，終究大用無緣，天荒地變之際，沉降最深最深的湖泥中。日後偶然出土，每個細節都長出小小的晶體了。

我自己呢，受了傷，痛定思痛，學會理財與穿搭，在好多人身上種下口水花，把自己活成一隻治豔銅紅、渾身帶刺、永恆昂首的大蝦。怨恨讓我成為一個亮麗的人。

蝦

屏東的蝦免錢似的。在機場當預官時天天吃蝦。午餐也吃，晚餐也吃，只差早餐沒來個蝦餅蝦糕蝦漢堡。那就太瞎。

天高皇帝遠的軍營，真正豪邁割烹。覺得必有一種氣，是屏東的精氣，一而化身三千大千，化為一叢帥髮的粗獷機車男孩子，路邊森林的螢火蟲，與伙房群蝦悠游的大鍋。後來回成功嶺吃過一次幹部加菜宴，號稱全海鮮料理，那蝦小得像螞蟻，我邊吃邊嗤。

成功嶺樹大招風，高官太多，煮個飯綁手綁腳，海鮮不能，豆品不能，涼拌不能，羊肉不能，樣樣不能，於是天天愁對可悲菜（早餐永恆茶葉蛋，午餐永恆滷雞腿，晚餐永恆滷豬排），像離不了婚的乾枯情人，夜裡起床嗑乾泡麵裹腹。我們屏東可沒有，天上飛的，水裡游的，菜單開了就做到定位，正是：凌雲御風，有我無敵。

有多種料理譜方。燒酒蝦最頻繁。蔥段，薑片，星星般撒布蝦身。最憶那醬汁，不曉得怎麼醃的。也許是放在甕中，聽著夢一般的飛機起降，產生了紋理細密的化學變化吧。吃在嘴裡，滲到心窩，溫溫暖暖，讓舌頭都打滑，層次與層次在齒槽轉著圈圈。閉上眼，好像那日溜班去墾丁潛水，站在海灘鮮烈的豔陽中，潛入甘涼的海水中，見到飛蛇穿礁，麗魚戲草，彩虹一拱拱如靈芝的水底樂園。

次有沙茶蝦。豪邁剝啊剝，一隻又一隻，都忘了午休時間。士官長走過來：嘿，小政，你上輩子是浮游生物嗎，這輩子專門吃蝦報仇的喔。他們在地人，吃到不想吃，舀菜每每意興闌珊夾個兩三隻，有時甚至懶得剝，在飯上澆個湯汁便了。

身在福中不知福。不，此說不確。他們知福惜福，只是長久慣疲了，福已不是福，就像我去佛羅倫斯玩，覺得聖母百花大教堂下的小販亦是可憐——若對人類大美事物已無感，此生將何去何從？

最豪奢是鳳梨蝦球。伙房有空就會做。又大又圓，像太陽。美乃滋厚熄蝦球本體，像陽光。灑上去的多色巧克力碎，像彩虹。

臺北通化夜市小小一盒要一百。想到這裡，便一舀再舀，疊得跟大武山一樣高，心中暗暗計價：一百，兩百，三百……一千。吃到滿溢喉頭，捧肚出餐廳，被美乃滋般的屏東陽光淋了一身，頓覺自己是鬆又大又圓的蝦，已被炸熟完畢，遂一星期不再暴食。一星期後又大嚼。如此迴環往復，以迄退伍。吸毒一般戒不掉，因為太豪奢。

你觀蝦，蝦亦豪奢，生得威武無極。崢嶸頭角，大眼長翎，像極了歌仔戲的頭飾，裡有沙金般的蝦腦。有段時間，吃蝦懶剝殼，手黏黏像甩不掉的親情。所以咬掉頭與尾，中段和殼大嚼，還以為豪邁無雙。其實毀了蝦。

除非料理得法，讓殼也可以吃，好比鹽酥溪蝦。溪蝦為我之摯愛，童年上館子必點。一次夾好幾隻送入嘴，於是春雷震震，一串花炮在嘴裡爆開。之後是一個多月的嘴巴世界大戰。一連又一連的弟兄在嘴裡跳著炮操，打出一個個的大彈坑。很糟糕，西瓜霜當西瓜吃。

其實人生很多爛事何嘗不如此。溪蝦哪裡騙人，大喇喇溪蝦老大，兩腿一伸，開宗明義：我，鹽酥溪蝦，芳貢貢與傷痛痛兩存於身。要就吃，不吃拉倒滾。一整盤小皇帝小總統小董事長。面對襲來的飄風驟雨色味香，也只能歡喜妥協吃。

童年時不畏虎，幾隻來就幾隻大嚼，於是嘴有八二三與古寧頭，已說過了。漸漸老，肚腩腆出來了，咀嚼也有仲介般的世故，吃溪蝦像掃雷中隊拆炸彈，虎尾春冰，臨深履薄，舌尖將一隻蝦嘴中頂來頂去，謙遜地調整角度。怕受傷。曉得了一時爽快久傷痛。天自高，地自遠，森林亮麗，大海興波，人在灘間掃雷，背脊冒汗，拆過半輩子的炸彈，少了兩根手指半隻耳，於是心生畏怖，回頭望望自己所有：「還是保住吧。此生已無它。」一步一步，一步一步，死於安樂的小花園。

也許到最後，望著窗外那群拿掉消音管，轟——呼嘯而過的改車少年，還會悚然心驚，退避三舍，就像望著盤中一群揮舞著開山刀叫囂的溪蝦，感到無下著處。免疫力愈來愈差，嘴破癒合的時間愈來愈久。老年。

老年宜吃魚。補腦，兼免阿茲海默症。尤其肚之味百轉千糾的秋刀魚。泡一杯熱麥茶，筷子靜降靜升，一小嘴魚香緩緩嚼出百載芳香秋涼，仰觀黃葉舞秋風，亦是一景一境，一功德圓滿無可奈何人。

秋刀

巷口那間秋刀魚飯專賣店，老大人一坐一下午，不曉得老闆怎麼賺吃。

他們也老了，掌店已是第二代與廚娘。他們就愛坐在金黃小麥似的烤物薰香中，與一起變老的顧客閒聊。

很多是「公學校」時代的同窗。交換著一生所見所聞，所思所感。遠去了狼虎不畏的童年，揮別了寤寐春心的青年，來到了滿腹深沉，天涼好秋時。他們個個是條飽滿的老秋刀，肚裡有甘有苦。

甘不外五子登科。苦的種類較多，經商失敗是一類，妻離子散是一類。

也有悔未追求真正夢想的——一個老總退下來的，說他是席德進的同學。德進永遠有人記得他，我窮得只剩下錢，他說——，較高階。

高低貴賤，怕的都是死。沒人會提。

小時候被秋刀魚肚子裡的紅蟲嚇過，於是絕緣，不敢再吃近十年。後來勉強重逢，驚覺十年為非。

沒吃肚子等於沒吃秋刀魚。秋刀魚以內臟不除為榮。有甘有苦，苦甘苦甘，甘凸顯苦，苦襯托甘，盡顯臟腑深邃味。

尤其應與肚側膏脂一起落嘴。咬破一個彈指，金黃汁液流迸，頓覺人間十全十美哉。

烤或煎秋刀，好壞雲泥別。烹調得其所哉，則十里鮮香，以筷剖魚肚，美麗的氣味如爆竹沿路一一綻放，春風得意哉。壞的，冷掉的，魚本身不新鮮的，只有腥。

有一個祕密部位一定要吃。尾巴。酥脆不能言。

只是吃起來，難免有種斷人手腳的心虛，就好像有天起床，驚見上天沒收了喬丹的手，索普的腿，李遠哲的腦袋，林志玲的春花微笑臉龐。

各得其所

想辦一桌菜，有鹽酥溪蝦，有生醃蜊仔，有烤秋刀魚。如是，則勇猛一代孩童嚼溪蝦，春潮如雨少年嗑蜊仔，生命新涼老仙品秋刀。好棒喔，各得其所，海味清歡。

（本文獲二〇一四年桃園縣文藝創作獎散文首獎。）

有人溫泉水滑洗凝脂，有人拔劍四顧心茫然，有人天陰雨溼聲啾啾

與同樣寫小說的青年ㄕ共赴一場抗議。恰好是颱風首日，下車才走幾步，雨傘開花了，渾身溼透了。我看著他怒吼的側臉，敬佩不置。朋友即是如此，你愈相處，愈看見自己的愚騃、褊狹、平凡。若一個人與朋友相處而益發自認超卓者，一，你可能須要換個朋友。二，你可能須要換個醫生。

朋友的提點則有多種形式。有肅直身教如我摯愛的青年小說家的，有插科打諢，笑出個深切寓意的。抗議完畢，我們各自回家。臉書上，有張

圖吸引了我的目光。

某友ㄅ用iPhone上傳的。ㄅ在我校的社運圈與同志圈相當出名。當年在男宿，他將整箱潤滑液安在門口，任人隨喜索拿，教官就來啦，指責他不雅亦不妥。ㄅ召開記者會，荊棘中殺出血路，促成了性別反省，日後，以潤滑液男孩名世。ㄅ入伍也必要像蝴蝶炮一樣旋轉放射然後一飛沖天的。他，度了彩虹旗入軍中，給長官上課也推薦書單。預官說明會的下午，我走出演講廳，ㄅ正擺攤賣情趣玩具。哪個單位最好？我問。當然是傘特啊！那肉體，噢，不說了。他瞇一隻眼，姆指大大地讚，陽光下，退伍後黝黑精瘦的他犬齒閃耀，像「黑人牙膏」的商標。

那是一張用小軟體修過的圖。一卷爌肉，肥瘦分明，穿了竹籤，背對觀眾，躺在澆鹹了的飯上。大概是卜居臺南的ㄅ在老店拍的。畫面調校出LOMO之效，中央像鮮豔過頭了的幻燈片，四角泛曝光的黑。下面有字一行：請勿打擾，我正在做夢。

我第一時間就笑了。揶揄得刀刀見骨。名喚「文青相機」的軟體，能為相片隨機題上百款詩意小語，好比「這世界唯一不變的，是變」、「沒有終點，才能找到永遠」。於是乎，人人都可成為走路是「行駛」，吃飯是「喫食」的文青了。ㄅ拍了這圖，我一看就喜歡。文青該打，因為占用資源而無裨人間，因為他們讓大家誤以為我們這個社會仍有人在思考。

我也曾是文青。都更迫遷的那晚，我說要去聲援。我那平常與人為善，與我嘻嘻哈哈的摯友ㄨ忽然表情兇狠，嚴厲地說，你如果去那邊礙人手腳，那乾脆就不要去。參與過樂生、寶藏巖、國光石化的他，怎麼忽然翻臉？我很受傷。ㄨ繼續說，對呀，如果你去那邊，沒辦法保證成為戰力，那就別去。旁邊的朋友勸解：他是寫小說的，他只是想去看看。對對對，我說，我會站得遠遠的，只是去感受那個聲光。噢，ㄨ說，那你就去呀。

我徹夜不眠，讀臉書傳來的消息：聲援的教授拉小提琴了。警察解散了又回來了。眾人手勾手躺下來就戰鬥位置了。我看見了ㄨ。警察進襲了。眾人被塞進警車帶走了。我又看見了ㄨ。

我感受自己的卑鄙。寫作者可以將他人的痛苦化為事前的聲光與事後的獎金。運動者對寫作者有這麼多的容忍。我們去偷取你們的悲劇，美其名曰「為你留名」，美其名曰「見證歷史」，實仍為心裡功成名就的魔物賣命。可我有善良的心，我和你們是一夥的啊，是一夥的啊。

後來我再也不這樣了。我要自己，去了，就站前面。

ㄕ在下面留言：好像那塊爛肉的遺言，有點淡淡的哀傷……。我說：我覺得非常好。ㄕ又回：請用爛肉的遺言寫篇小說。我於焉對著爛肉格物，希望不辱於ㄕ。杜甫〈同諸公登慈恩寺塔〉即是命題作文比賽中誕下的佳篇。

我頭髮還沒吹乾呢，雨水滴滴落腿，瀏海像地底的鐘乳石。腿本來也溼了。老天像要考驗我們時代青年，在抗議現場一會暴雨，一會豔陽。ㄕ

與我雨衣穿穿脫脫，才塞進書包，急忙舉手又喊起了口號。我瞪著壙肉，想起ㄕ與所有青年的聲嘶力竭的臉。

我點了另個朋友的塗鴉牆。滿滿的，都是他去哪裡，吃了什麼，參加了什麼party。我再隨便看另一人的。他生活作息都跟讀者報告，配上不相關的他的胸肌，他的腹肌，他的雞雞。按讚的豬哥們一小時突破千人。ㄕ板上那些社會議題，按讚的有幾十個人。

這就是我們的時代。有人溫泉水滑洗凝脂，有人拔劍四顧心茫然，有人天陰雨溼聲啾啾。有人貼圖換秒讚，有人衝鋒被罵幹，沒人回頭金不換。我為了我與ㄕ感到不值。ㄕ是外省將軍之後，我是本省農家之後，我們何必如此呢。回程的捷運上，我聽ㄕ悲憤敘苦，忽然有點恨ㄕ：我們倆安安份份，與其他作家一樣談吃談穿就好了嘛，書約都簽了，何苦與當道對幹。失敗了，淪成臺灣父母碰政治的負面教材；成功了，貼胸肌的繼續貼胸肌，吃美食的繼續吃美食，找咖愛愛的繼續找咖愛愛，回頭笑我們傻：你們呦，真是浪費時間，寫小說的人，不快投個文學獎？那個誰誰出第三本書了！

我們不做快樂的豬，而要做痛苦的蘇格拉底（未必痛苦。老哲學家有個年輕帥氣的將軍情人。他甩掉了人家。將軍氣沖沖衝進辦桌現場找冤家算帳，撞見蘇格拉底抱著他的新歡。他質問老哲學家，論相貌，論權錢，他是雅典的鳳凰，為何拋棄了他。老哲學家回答：在我黃金的精神面前，你的物質只是鏽鐵而已。欠揍。可憐的他前男友，活在現代，大概也是天天貼圖引讚的那種人。）的時候，亦即我們不滿於漸漸被資本家剝蝕的物質享受，而追求與資本家針鋒相對的徹底自由之際，就像那天一樣，被淋了滿頭的冷。已很幸福了我們。古代的異議份子是被淋上融化的金汁。

痛苦的是為他人痛苦，偶爾也油然嫉妒。就像我嫉妒那些伊甸園裡的人。幸福的只求自己幸福。便難免愧疚十足。那個貼胸肌圖的朋友，他滿滿的裸照之間，夾雜了些，腦麻兒包水餃請大家轉貼分享，某某某花式調酒比賽全球冠軍臺灣之光，哪裡的手工修傘阿婆很可憐請大家多多光顧，韓國狗奧運霸場輸掉了活該啦現世報。小愛小恨，無撼結構的，他們最是關心。涉及大是大非，足以搖動生活的，他們便遮眼塞目。「可以不要這麼偏激嗎，你？」

家父也是。伊出身鄉野小地主之家，溫柔敦厚、勤樸誠懇，眾人都對我母親說，妳嫁到了個好老公。他非常慈悲，每每捐錢與宗教團體，興涼亭、蓋棧道。可我回臺中，同他說我今天又參加了什麼示威抗議、什麼請願遊行，他便說：你這樣，太偏激了吧？我看著他和藹的臉。我老了也和他一樣和藹，或者說他年輕也和我一樣英俊。那代人被恐怖壓彎了腰，他們之中，有些人則成為了盤古，將天地撐了開來。我們這一代人才能頂天立地地活。而今，天地又將收攏，我不能坐視不管。我好想跟他說，把拔，我已不是當年北上入讀社會組第一志願，想要坐辦公室吹冷氣看報表發橫財的大一生了。把拔，我的肉你收下吧。馬麻，我的骨妳收下吧。而今而後，我是全新的人。我也衝鋒，我也筆鋒，我追求公理正義。

時代對社運份子來說是最壞的。社運份子要怎麼樣才最幸福？他最好生於民國六十六年左右，取六六大順之意。這樣，就來得及參加野百合。然後，是風起雲湧的同志運動。他在民國一百年就可以去死了。這樣就看不見性權倒退與人權倒退的景象。

九十年代的榮光已然遠去，新保守主義昂首班師回朝。衝鋒陷陣換得個冷言冷語。不衝鋒陷陣，找個工作做吧，又發現頭家老虎心，人權卡到陰。東西有毒，房子會晃，路人以目光燒死我與我的情郎。我對ㄕ說，我們像荷馬史詩那被詛咒的祭司之女，什麼都預料到了，沒有人聽。

有時感恩，有時惆悵。感恩學校教我們結構、脈絡、公理、正義。惆悵學校為什麼教我們結構、脈絡、公理、正義。若我們什麼都不知道，還能與我那些朋友一樣貼美食、飛上海、追韓星、玩親親。噢當然，ㄕ與我也玩親親。我們在怪手前相互擁吻，然後衝入火場，將受難者拉出來，期待哪個記者拍下我們的焦屍以獲得普利茲獎。

很多人對我說過，你不是衝組的，你不是站在前線，被警棍痛擊的人。我仍然希望自己能與抗議者的肉身同在。這不是隨隨便便打個卡、寫個文章致敬：我與你們精神同在，就可以的。ㄕ也是這樣想的吧。所以，我們一衝再衝，親臨現場，手不握筆改握拳，一次次消解心中的矛盾。有作者好談寫作之神聖，遣詞調句之勞瘁心力，於焉而有眾星雲集之書腰推薦、璀璨奪目之推銷文案，我漸漸覺得狗屎。精神的勞瘁乃在肉體飽足後才能發生。有些人肉體飽足不了。有些人也想勞心，上天卻沒賜他一張書桌。

我在ㄕ的留言下面繼續寫了：「ㄕ，小說我還沒想到，先來個文本分析吧。那句話是爌肉的遺言。爌肉是臺灣人。一半瘦的，是數百年來的苦勞實幹與山川林莽的血氣；一半肥的，是蒙了良知的物質享受與各種消業解慾的小慈小恨。背上插了竹籤，乃代表自己的利益與認同被損害了，猶然不痛不癢；反而，它要靠這掐住了自己咽喉的結構來撐出自己肥美堅挺的扮相。它其實早就死了，連意識都沒有，猶以為自己仍在做夢，且是做著美夢。它背對著，不願正眼以對的，是準備將竹籤抽掉，讓壙肉整塊崩潰，然後吃乾抹淨，不留一點骨血的人。」

ㄕ按了讚。

這個時候，我與ㄕ的某個共同朋友發了一篇動態：「教育部文藝創作獎小說首獎。謝謝大家。」眾人潮水般的恭喜之間，我看見ㄕ也留了言：「這是今天的不幸中之大幸。」

我按了讚。我打了噴嚏，結果流了鼻血。我洗了個澡。

時代對作家來說卻是最好的。我不敢對ㄕ說這個看法。哪裡是被詛咒？我們是被祝福。我們想要幫忙，卻不得其法。可是我們的情緒起伏也許超過了清末民初的文豪。我們掌握的是最無用的工具。我們稍有不慎，就偷竊了別人的痛苦，成就自己在光輝奪目的青史的篇幅。一將功成萬骨枯。以後我們之中有哪個名留千古了，可別忘了你們是踩著文萌樓、葉永誌、官秀琴、士林王家、大埔強徵、國光石化、華隆罷工、美麗灣事件、蘭嶼核廢料……的水晶骷髏寶塔才搆得上文學史的邊邊的。

洗好了澡，我回頭檢查這篇散文的文學性。它不能落得像社運份子粗野無文的爛文章一樣。

起心動念，我就痛心疾首。

我像中世紀的鍊金師，把絞刑架下的屍水混進我的釜中。從被怪手踹爛的家園中，我找文學性。從被污染成青金色的河流中，我找文學性。從被霸凌至死的娘炮男孩生蛆的恥骨，我找文學性。我是小說家的話便尤富創意，可以將案主賜死，調度場景，將受害者一家撞建商接待中心之石柱自殺。文學性好值錢，真是個搖筆桿當禿鷹的多情時代啊。

（本文獲二〇一二年梁實秋文學獎散文評審獎。）

青春已是強弩之末

有時我會毒舌：幹，我們班就沒帥哥啊。我當兵時也抱怨過：幹，帥哥就都在隔壁連啊。說到底，是我的，（抑或世人的？），劣根性。得不到的，以為是最美最美。

我進圖書館翻一中歷年畢冊，就像做考古題。一次次的尖叫（幹，這個超——帥——的——啦——），一次次的怨嘆（為何我不是他——們——班——咧——），一次次想偷偷剪下珍藏（有些人的外貌真的是全國榜首。），心中一堆遺憾號。遺憾號，我自己發明的標點符號啦。我高中沒寫日記。寫不寫都一樣。寫了也是滿滿的遺憾號。

說真的，真的是沒帥哥嗎？還是我不懂珍惜？

不愛他久矣。不愛他之後，終於有能力回想我們班。

「幹，我們班就沒帥哥啊。」恐怕這句話，是當年怨恨的殘餘。當年，我愛上了我們班其中一個男孩。他的光芒掩蔽了日月，也掩蔽了班上的好同學們。他多害怕，我多猥瑣；他多不屑，我多傷痛，那是要一路寫到來生的詩。因為他，我錯過了欣賞《山海經》中各種好男孩的機會。我進，他退；他笑，我哭，直到高三上，過了一個暑假，我忽然不愛他。被永咒於一地的地縛靈重返自由，一路往天空飛，開了天眼。也許當時的我，已漸漸發現，何必單戀一草、獨沽一味、只取一瓢。來不及了。已近學測，然後指考，然後畢業。畢業典禮上，我有沒有笑，有沒有哭——再也來不及看。我有沒有想過，捧著他們的臉，一張張說再見。

「幹，我們班就沒帥哥啊。」是自我防衛。說服自己，當年並沒有錯過那麼多各自輝煌的男孩。

說錯過，太不自量力——我何德何能錯過他們。頂多是經過，卻視而不見罷了。

他是鮮奶男孩。他的臉總讓我想起生病的兒時，熱騰騰、白滑滑的鮮奶。

他渾號白虎男孩。學測考完的瞬間，他開始生長腋毛；一根根，象徵著我們的遠大前程。

他的耳朵是筆筒樹的芽。

他是籃球校隊，身高百九，個性憨呆，像隻南投來的黑色大土狗。高三換了座號，我坐他後面模考。總穿著吊嘎的他，寬闊的、略帶痘痘的肩背，是我永遠的幸福。

他因為太小隻，常被朝天阿魯巴。我們班的門洞印滿了他隱形的陰莖痕。

他的眼眉。他的眼眉是我此生所見最精緻。

他是田僑仔，渾身海線少爺土貴氣。不是傲氣。總戴一副小小的紫墨鏡。夏趴的本土小生。

他與他，可愛的雙胞胎。

他也是籃球校隊。他自大，人緣時好時壞。可他有班上絕美的一雙腿。鐵盤上，蛙腿跳啊跳，他砰、砰、砰，運著球走進實驗室。眾人怒目以對。我——隱匿我的羞恥於萬眾的怒目，看見他的腿上，彈跳的青筋。

「現在，電擊！」生物老師吼。從此我，做夢便多了籃球的砰砰聲。

他明亮的小狗眼，純潔的臉孔，天真的嗓音，讓多少學長姊傾心，想養他。

他也是海線來的，身高一八多。在班上孬，都被同學欺，出外卻義無反顧嗆聲：幹！出來講！高二打水球比賽，裁判不公，他衝過去，將對方啦啦隊踹進泳池。兩班全面跳水，想幹架卻有浮力，最後怒極反笑，豔陽下，八十人潑水為戲。那年夏天，太陽是金磚，風是果凍，我記住了八十個男孩一起淫掉的樣子。

最溽熱時，我在籃球架下拗著考卷擋金磚。隔了一片晶瑩的果凍，是他們打球的身軀——我們最近的距離。

他們在結婚。他們漸漸組家庭。婚宴變成同學會，同學會上，男孩與男孩之間坐著女孩。四對夫妻圍圓桌。試算下列情形，排列方式幾何？每小題五分。一、夫妻相鄰。二、夫妻不相鄰。三、夫妻相對。四、夫妻不相對。五、男女相隔。六、任意入坐。當年墨水打印、口水浸漬的考題，從大虛空中飛回來，化為眼前一對對美滿小夫妻，家庭盛景。每一次的婚宴，每一次的同學會，都練習著十年前，排列組合的考題。塵封的試卷上，浮現出我們的名字。

好多人，當年怎想得到，他也會交女友。甚至結婚。甚至老婆懷孕。

有人分手。黃金單身漢。

有人新婚。蜜織小家庭。

天真的男孩，可曾從卷紙粗糙的圓桌示意圖上，預知那些大圓與小圓，終將標上我們的名字？

當初在校，摟來摟去的玩弄，小冤家，假情侶，雲淡風清，不復記憶矣。當初的「班對」，畢業以後，背對背光明前行，今一實習醫師，一中階公務員。

他。高一入學時，最早有印象的人。是我第一個鄰居，豐厚的下巴永遠抬著，呆呆地看著前方。垮褲跟土石流一樣，超垮的，讓老市區來的孩子我有些害怕：啊，是海線流氓。當時以為是壞小孩，沒想到來自海線的他，是個傻大個啊。三年間，我們在彼此戲弄之中度過。一次，不曉得怎麼玩的，他大腿整片撕傷，當眾汩汩泌血，像一中街的冰沙一樣濃稠，浸透了他的Nike鞋邊。他撕開制服褲，露出青紫如森林的大腿，擠著保健室快遞來的紫藥水，一派呵呵，笑著塗著大腿。我為他拍了張照。那張相片在我抽屜的底層，至今默默流著血。

你老婆懷孕了！我在席上聽見，下巴掉下來。他跟他高中一模一樣，呦呵呦呵笑：四五個月了。

恭喜恭喜！我說。他老婆看我嚇成這樣，也笑了。

他。老實人。友情捉弄的對象。想跟我們一起捉弄人，卻老是誤判情勢慢一拍，慘遭捉弄——樂此不疲。當年貓戲的我們，是永遠樂此不疲的。

席上，坐我旁邊的他，呵護著他的女友，無微不至，同飲共食。看他真是好體貼啊。高中時代，他有這種好男人的樣子嗎？高中時代，憨憨厚厚的一中生，以後都是好男人吧。恭喜他。

恭喜你們。

當年男孩同盟。如今男人女人。一幅兩性暢銷書的書封。往往我覺得邊緣。他們談車，談房，談工作。他們是醫師，公務員，工程師。他們的女人顏如花，爽辣笑，倚伊肩。我閉上眼，翻閱大學時代，讀到的女性主義，以此自衛：親愛的異男，父權體制將摧殘他們，他們一世痛苦也痛苦別人，他們以生殖為使命，他們終將大步虛無。我又翻閱臺灣史，以此自礪：殖民時代以來，政治與經濟的需要，決定了臺灣的中產階級：醫師、工程師、公務員。而我，是站在永恆座標（零，零）的寫作永恆者，以寫邁向永恆，象限從我的身體展開……睜開眼，我繼續面對重逢時，無數個無言以對。對不起，原來十年前擠滿了人的（零，零），現在只剩我了。他們的世界已往溫馨邁進，我獨留在電力不足的聚光燈中。他們買房，我是麗嬰。

有人說，男同志享盡了男人的好，自外於男人的壞。男同志從姊妹手上搶下遺產，卻不負責生育，所以男同志落單時，注定微微孤寂。昔往我嗤為大悖謬之論。根據柏拉圖筆下的老Gay蘇格拉底（噢，當時好迷《饗宴篇》。七男圍坐論愛，豈不是西門紅樓一桌拈指啜調酒的Gay。蘇格拉底來臺北，也會入座lounge bar，點杯長島冰茶，眉眼拋飛隔壁帥底迪的吧）說：男男之愛，層次比生育之愛高。我曾為此驕矜，我又何必孤寂。我不負責生育，我為世界造美麗。你平庸的ＤＮＡ值得藏諸名山？我對路上的嬰兒翻白眼。

可我當年的男孩，如今憶往已少，更多的展望未來。跟他們坐一起，有時難免覺得冷。

我說了一個，好好笑當年事。他們說：噢。

男校的男同志永遠嬰兒，永遠男孩。男校的男同志：彼得潘，守著長不大之國——有些人變成了比莉。男校的男同志：閉眼，在心中跳一支舞。

男校的男同志，在校難笑，幽怨深埋——我跪在滿牆精液的廁所哭泣。他為什麼不愛我？不必問，我曉得。沒有立場問。我還是問了，然後好幾次，徘徊在高樓女兒牆的邊緣。男校的男同志，離校時，懷念男孩的笑。三千個上揚的嘴角，在畢業的瞬間飛遠。

他們還是很好。一中的男孩子都很好啦。他們沒有冷落我。他們怕我好孤單。

我說：幹，我去找個石油國的王子結婚過爽爽，叫他買下帝寶。他們勸：小心欸，Gay在那邊會判死刑喔。我說：幹，我要去阿姆斯特丹結婚。他們嗨：欸欸我要去，幫出機票錢。甜甜的對嗆，壞壞的溫馨。其實我攬鏡自忖，此生怎可能有個王子來接我。他們談笑之間，成全了我的虛華夢。多感謝。你們就是我的王子。是的，剛出櫃時常嘆：早知道高中矢勤矢勇，一心一德，好好打理自己。好好減肥，好好保養，好好髮型，以進大同。以吾姿容，必是當年萬眾簇擁、坐人肉轎子遊學校的王子。及長，漸漸曉得，當年不是沒王子。你們就是我的王子。

餐點極盛之時，龍蝦頭交錯於我們身旁。我問他：「四對夫妻圍圓桌，夫妻相鄰，排列方式幾何？」

他摩挲著老婆的肚皮，一邊呵呵笑了：「哇，你還記得喔？」

當然記得。記得你的笑，十年前十年後，都是一樣的。

送客，合照。一個個走了。我坐在偉大中部特產，樣品屋式豪華婚宴餐廳的水泥神殿石柱下。有個天使浮雕。我以身代天使，請他們幫我拍了張我長了白水泥翅膀的相片。太陽將同學們的頭髮，曬成一叢叢小小的、漸行漸遠的金草。侍應的女孩休息中，笑得很大聲。

我坐在天使浮雕下，天使的水泥喇叭對著水泥的天空吹。青春已是強弩之末。過了二十五歲，終將一路下坡。皺紋愈來愈多，頭髮愈來愈少。肚子愈來愈大，理想愈來愈小。往身上倒冰礦泉水的籃球隊員穿上了西裝，豪言要選總統輝煌組閣的正為論文掙扎，冥頑頂撞師長的在櫃檯熟練處理公文。有時難免怨憾，一年年同學會，同學愈來愈不好看。

有嗎。

有差嗎。

孤寂，孤寂不過男校男同志的心。雪亮，雪亮不過男校男同志的眼睛。男校的男同志，注定像母鳥一樣，看著子鳥長大。看著當年身邊美麗的、桀驁的、清澈的男孩子，漸漸成長、微禿、有啤酒肚、有風霜臉、有紮進去的襯衫；成家立業，成為一個個好爸爸，有些比較幸運的，風韻猶存。

不，對男校的男同志來說，高中同學是永遠不會老的——在寬廣的皮帶下、在老氣的襯衫中、在街道般的皺紋中，埋藏的，仍是當年那此生無一的男孩。

新郎走了出來，頭髮與西裝有拉炮的煙花。

他站到我的身旁，拍拍我的肩。

我抬頭，看見他的微笑。

俗麗的音樂、相片、致詞與煙花中，變胖也變老了的他，幸福就要啟程。

下次帶男朋友來啊。

好。

高三時他問過我是不是Gay，當時的我怎能實答。現在，我看進了他的眼睛——透明的，善意的，大狗一般的眼睛。

兒子生帥一點啊，如果是Gay，我可以考慮一下。

哈哈，好。

青春已是強弩之末。但是，弩入土，長成樹，樹又造出弩。青春會生青春。

（本文入選《我們這一代：七年級作家》，麥田出版，二〇一六）

輯二

時光莖

萬年青

他蹲在花桶子的面前擺弄桔梗。小腿肌束像颱風草一樣，繃得條條分明，劃過去的那道是他說過的，小時候愛跌倒的傷疤。桶子裡的花種跨越季節，我們的島什麼都長得出來。

他說自父母曉得他是個同，往後十年他沒回一次家。學生時蹲宿舍，謀職時賃屋居。或是借網友家睡，會發生什麼事情他就隨緣。或許抱睡，做愛，喝喝茶挺好的。

我其實是生氣的。他是我第一個人，初戀的占有慾刀橫半空，拗過來終於自傷。但我看著他的臉，愛情混了崇拜。他像大哥哥，可以教我很多。

我沒什麼好教他的，我知道他跳舞、健身、用藥，一度也兼做按摩。「好賺。他摸上來，我做特別服務，幫客人打出來，」他說。該碰的他都碰了，好像撞球掃檯。我二十歲仍未破身，是圈子裡的初生犢牛，忠貞得理直氣壯。我知道他的往事，我閉眼不見為淨。全力以赴讓自己好，比如噴化妝水、曬泳褲痕、寫出好的散文，他喜歡的話我們就做愛，不喜歡就離開，我不阻攔。

我不阻攔。初戀的人最愛說，我什麼都放得開。

我放開他，以食指戳他腰線。他顫了一下，轉入花店深處，捧一球玻璃裝的小綠物。「吶，」把萬年青遞給了我。「花店小開還送萬年青當生日禮物……」我嘴唇努向牆角的螃蟹蘭，「我要那個。」

當時只是覺得，那種有水就能存活的廉價植栽，未免辱沒了我們的愛情。

圈子的速食故事多了。七天分手的還算好，聊天室的暱稱取得性感（信義區運動健身。帥鬍多毛小結實。不差壯粗腿不分。），我就有別人身體。「傻瓜，」大掌拍拍我的臉頰。「萬年長青不想要？」胸口貼上肩脊，手與我同握綠玻璃球。「沒有綠手指的笨蛋最適合它。不施肥、不用土，給它一點點水就可以活得很好。」

「欸，小狼，對不起耶，都拿你當垃圾箱。」常常聽我帶把的姐妹說說他們的苦，累累的男愛誄歌。

小ㄓ讀成功高中，他愛的人愛了愛他的人（她有張蘋果臉，好可親的美術班女生）。畢業典禮上頭，他愛的人拉小ㄓ到廁所。小ㄓ以為愛終於修成正果。那籃球隊的男子掏出空酒瓶來，砸碎在小便斗裡。「幹，死屁精。」美麗的小ㄠ，約網友出來見面，手一揮，揮跑了那個男孩。小ㄢ、小ㄣ與小ㄤ上輩子造了輕重不等的孽，男友不接手機、不回簡訊，隨浴室寂寞水氣，散逸無跡。我會安慰嚶嚶哭的他們說，有些人就剩下眼球與屌。

眼球與屌啊，我們的國度也幾乎只剩下這兩種器官了。但我的花王子不是這樣的人，我微笑著面對我的姐妹。我之前閱讀名喚「家栽之人」的漫畫，講一位熱愛園藝植栽的法官，如扶幼苗似的教導犯罪的青年。當時我只是想，我的家栽之人何時出現？如今有了。我回到我的小房間。

萬年青迅速生長。我請他再給我幾個小玻璃球。他來了，包幾枝黛粉葉、蔓綠絨、黃金葛的，腋窩挾了三合板。他打了一個雜物架子，安在原先的矮櫃上。盤坐棉被裡邊笑看他勤勞一如採花的工蜂，也許我就是蜜。脫除上衣的他，裸著半身鋸木、打釘，胸毛摩擦合板，鉤落幾根掉在地面。他少也賤，故多能鄙事，我這樣的一個未經人事煙火的少爺家，鍾情的卻是他茸茸的胸膛。「喂，這個。」那時我在他的店招下方，指指食蟲植物群落一株綠柄子、紅水滴的小栽。「毛氈苔。怎麼了？」「像你的毛啊。」「……。」他勒住我的脖子，將我壓向那株小物，忽然勁又鬆了，我彈回他的胸間。

久遠以後我追憶，那時候架子落成，我給他鼓鼓掌，「王子好厲害。」擺滿了綠玻璃球的架子，古建築的甕牆似的。他爬到棉被裡，我們做愛。我臉久久貼在他遼闊的毛氈苔上，偏向虎山行的嗜糖蝴蝶。

所謂的幸福，盡頭到底是什麼？凜冽嗎，莊嚴嗎，莫之能禦嗎。「記住，小狼，培養你的興趣、追求你的理想。沒有哪一個人會永遠停留你的身邊。」圈子裡老姊姊握著我手殷殷這樣誡說。

他送我的毛氈苔開花後日漸凋萎。上網查查，說開花太耗能量，收苞後就要死了。剪去花苞吧，能稍微延一點壽，可也是蔫蔫一株。打電話問他方法，「你的毛快死了，快幫我救活它。」與我的花王子開個玩笑。「有客人，等下回電。」他好快掛了電話，手機一直不接。我想到無性繁殖，就折下它紅茸茸的綠柄揿入土壤。

沒幾天它們全死絕了。我想起趴在他胸口的時光。他久沒有來我房間，我久沒有去他的店。我不去是因為在等他自己來。ㄢㄣㄤ的故事沒嚇住我，至少我與他還會通電。也只是通電而已。但那座萬年青牆，不慎就長得極好，而我從沒留心。

我只是抱著我的毛氈苔像，抱著他的胸膛一樣去了花店，看到了他而，捲髮狐狸似的陌生男孩摟上他的腰間。「他是我男友啊，」他對著我與狐狸中間的某點說話。「很久就想跟你說，你是要習慣的。你要的不多，不是嗎？」他看看我的死毛氈苔，皺了皺眉，走到店招下面拿了新的一盆。「吶，換給你。」像是做生意一樣了。

後來我把玻璃球的水通通倒掉，萬年青送給了小ㄤ。我沒有遭遇背叛就剝奪植物生命的權利。我慚愧我從未好好照顧它們。小ㄤ好久以後，興高采烈領我看我送他的萬年青。我驚訝它們空前絕後、大霹靂般的青潤，曉得了為什麼他送我這品植株。我們的愛絕非全心全意的亮麗壤栽。不施肥、不用土，一點點水便可以蕎蕎地活得很好。

昨天與男友做愛

我買好了晚餐，一樣是那家老麵店。蕃茄拌麵、鮮蝦抄手、攪和攪和，都是他愛吃的。我同他說，窗檯上的水仙花盛開了，很香，過來一起看吧。他原說前夜要來，過了晚餐時間打給我，說是他剛下班，快睡著了，可否明天。我說明天好吧，累了，早早上床。他說好。好像怕我反悔，十分鐘後，我想在他睡前說句愛語，遂又撥了電話，他關機了。今天他來，主動擺好紙碗盤，看電視的時候親熱地抱著我。我們飯後，他起身躺到床上，我走去躺他身邊，把頭埋進他的腹部。他邊摸我的頭，邊說那他要走了喔，今天工作好累。你每次都這樣，我們多久沒做了。不喜歡我的身體怎麼不離開我。我說。他狠狠捶了牆壁，我工作也累啊，我累到性冷感啊，你有體諒我嗎？原本想一起吃個飯，抱抱就很開心，你非得扯到做愛。你自己弄，硬得起來我給你。

我不說話。花的味道讓人窒息。我們各自靠坐牆壁。房間真安靜。我要哭了，他把我抱起來，重新把頭埋進他的腹部。他的肚子不算太硬。後來我們就做了。先是他進入我，後來我進入他。

我好久沒進入他。上次兩年有了，我們才剛交往，也是我剛進圈子的時候。剛進圈子的人，猶自桀驁不馴。尤其我高中讀男校，與哥兒們廝混到最後，我不打球，也常一套球衣褲（仿樣美國ＮＢＡ各大球隊的才是上品），護肘護膝綁四肢，到處跑。素來還能亂談幾句歐尼爾在季後賽怎樣怎樣，賈奈特在明星賽又是如何如何。我剛進圈子，不懂，不明白。帶把的眾姊妹哪個不愛陽光籃球體育男，我就一樣，穿著球衣爬爬走。無袖球衣看得見腋毛，聞得到費洛蒙。我會不會打球，誰知道，重要嗎。

初次在他身上打球，穿的是白球衣、黑球褲。褲子褪去，趴在他的身上賣力進出，他在我耳邊喘息。小狼，你好厲害，你好棒。我把套子打了個結，丟進垃圾桶裡，聽見他結實的身體沖水的聲音。每次他都那句話，小狼，你好厲害，你好棒。其實也沒關係，後來他不再讓我進入了。我問原因，他答，「我覺得你做零比較開心。」你不誠實。誠實的你會說，你做一我沒有爽。我想。

做一做零，能爽就是好愛愛。

愛愛整整兩年，我又進入了他。我在水仙花的清香裡抽動他的肉身。可是我發現有個關卡好難。前刻鐘，胸肌像牆那樣，進入我的野獸，下刻鐘就在我的胯下滴滴喘息。原本已讓他像穿越時間那樣穿越我的身體，下一刻的如今我必須提槍上陣，刺破他的肉身。征服與臣服，普通的愛裡幾乎固定了吧，沒聽說哪個女性友人拿棒探索男友的。身為演員，羅密歐與茱麗葉，我全要上戲。梁山伯，頃刻祝英台。潘金蓮，馬上西門慶。不可兒戲，不能對鏡，亦沒時間著裝。要迅速從電壓的波峰走到波谷，慢了就觸電死吧。

真難。

但做愛像觸電一樣開心。

快高潮的某個瞬間，我看著他的臉。那時我是站著，他躺在棉被上，眼神碰痛了我。我不知道他想進來還是想進去。但我忽然懂了。好比兩拳擊選手，我打你一拳也好，你打我一拳也好，總歸我們共同完成了這場比賽。都會防守也都攻。水仙開在窗檯上，球衣掛在衣櫃裡。我高潮時，心情很正確。我想，啊，總之，我是和這個人結合著呢。

病痛書

（我希望，我的鼠蹊，隱隱滑動的硬塊，是罹患毛囊炎。）

（算算空窗期，三個月了，離我們上次做。驗了會準，我不敢驗。幾個禮拜以來，寧願檢查自己。想起就做，做了還做，肉身是每日開獎的樂透彩。機率多少，機率呢，沒有人做研究嗎，敲擊網頁，都說機率不是關鍵，不能賭啊你不能賭，有人夜店私趴三溫暖當開水喝，不會得，有人接吻，得了。怎麼會，怎麼會，媽的別告訴我機率不重要，我現在媽的是在賭啊。請幫我開獎好嗎。嗜睡嗎，發燒嗎，食慾不振嗎，下顎，下顎淋巴腫脹嗎，腋窩，腋窩淋巴腫脹嗎，鼠蹊，鼠蹊淋巴腫脹嗎。）

（有。確實腫了起來。）

（生活暗掉了，髒掉了。起床我都擦亮它，還是黑黑的。每小時都檢查我的鼠蹊，想要吃了硬塊。恐病症的長城壞掉了。去電衛生所問，電話說你擔心也沒用，擔心不能讓你不得病，它並非疫苗啊。小朋友，講個案例你聽聽，住大廈的太太，開窗蒔花藝草，孤挺球莖萬壽菊，嘉德利亞蘭，那麼一點春香。她聽見樓上有響，翻臉看，保險套擊中鼻樑，濺幾滴流入眼角。）

（套子喔，用過的沒有綁喔。）

（後來呢，我問。邊問邊檢查鼠蹊。後來喔，小朋友，她有陽性反應。就這樣。）

（不能再不吃飯了。恐懼也不能顛倒妄擲。要開獎，開獎吧。）

吃過飯，我得去了。

挑了家素食餐廳。如果這是最後的晚餐，讓我們祈禱健康。南瓜，冬菇，涼拌海菜。西門町，紅樓小熊村咖啡館，我咬著飯，重複回想篩檢的時間地點。使用最新美商亞培快速篩檢試劑，提供愛滋及梅毒篩檢。挾海菜。免抽血，可匿名，十五分鐘知道結果，提供一對一諮詢服務。南瓜，吃了你，讓我健康好不好。變成馬車吧，載我去沒有病痛的世界。預想種種陽性後的景色，一口海菜。臼齒似乎咬到什麼酥酥的。我咬碎了直接吞下去。我想吃過飯，我得去了。可下一口海菜仍有東西嚼來喀滋滋響。茴香還是蛋殼啊，你餐廳的工夫是否可以改進，我使筷子翻海菜，檢查它，看見好多小貝螺。我掩著嘴去拿碗，盛了當歸湯在暗處漱口。好像我看顯微鏡，有病的肉身也是美麗的海底世界。我去廁所吐了幾嘴。回座，將海菜全丟進我吐出來的那碗當歸湯。綠線漂浮在起泡的褐水裡，沒看貝螺有沒有他媽的緩緩爬行。我想像寄生蟲，有沒有看過影片，犯蟲非洲大蝸牛，兩眼球像兩顆轉盼流精的五彩彈珠，原有避光性的，蟲讓牠朝太陽走，鳥雀看見了，會吃了牠的眼球，糞裡有卵期待下一隻非洲大蝸牛。眼珠沒了，還能活個把星期。我怕。貝螺有沒有寄生蟲。寄生蟲會不會跑進眼睛。眼睛會不會變成彈珠，肉身會不會變成僵屍。但是真的很窩心。恐蟲症來了，恐病症就走了。恐病症來了，輪恐蟲症離開。還會相消呢，好感動。愛滋算慢性病，長蟲入腦，忽忽忽，七頭蟲示現七竅較慘。又認為寄生物，投藥打得掉吧，病你要怎麼醫，學那個非洲總統煉草藥吃香蕉嗎。往捷運站走，又轉身要回宿舍。我想刷牙。蟲卵恐怕藏齒縫，回去刷個牙安心。啊，可是，篩檢會見血吧，小攤子會有報廢的陽性檢體，讓牙齦有傷口不太好。雨霧。撐傘持續走過去又走回來。對路燈說，你看，我究竟應該怎樣。

（我們在水族館，箱子有好大隻的彩螺。我說，除了玻璃魚，買顆螺也滿好的。男友說，隨便吧，我有點不舒服，待會我們搭計程車。）

沒飄雨的時候，選一個，終於直接走向捷運站，我就搭上車。

轉車的時候，祈禱愛，溫馨，勇毅，肩膀。要抓穩，別丟掉了。不想失去你。然後，獨自去小熊村。

這裡。

九十七跨九十八，九十八跨九十九，欸，我在紅樓倒數有兩年。燈火通明，光潤玉顏。「跨年跨年，時值玻璃圈胯下元年，」主持人笑得合不攏嘴。熊熊喊給我聽。胯、下、元、年，熊熊喊。猴猴喊給我聽。胯、下、元、年，猴猴喊。野狼喊給我聽。胯、下、元、年，野狼喊。C妹喊給……胯、下、元、年，C妹粉粉大笑了，哪還理那老姐姐，搶過話頭，護唇膏是紫羅蘭的香氛。我與我帶把的好姐妹，激擺激擺，擠在舞池裡火燄球燈下面唱起來跳起來猥誦幾首玻璃圈經典國歌。愛是彩色糖衣／包裝卻沒營養的／藥藥，藥藥。我抱住好友小誠，說，今年你不再有偏桃花。妳越是提醒自己／心越是充滿好奇／亂掉，全亂掉。痞痞吻我鎖骨，說快忘掉那個爛男人，我愛你，趁早和我交往。痞痞是醉了痞痞。愛是溫柔幻覺／一堆換來心碎的／抱抱，抱抱。小熊耳朵服務生招待建宏長島冰茶，杯底壓條：方便給你電話嗎？建宏走去找他，對那尷尬的臉說，喂，我給你還你給我啊，傻傻的。草草寫了，塞進空杯，附他臉頰講：你的耳朵我喜歡。妳不懂先愛自己／他怎麼可能愛妳／亂叫，別亂叫。喇叭總結。五、四、三、二、一，新──年──快──樂──城市妖氛大盛，密友輪流擁抱。痞痞擦擦眼淚說，噢，我好愛新年。小熊耳朵摟建宏上臺，搶了麥克風講，大家的初夜，今年第一次，我們獻給紅樓。

好像第一次來紅樓。

啊，是吧，這裡就是。怎麼好暗，都不開燈。

從捷運出來就一直走，就走。好像要去見一個重要的人。是，是要見重要的人。他好優。他好英俊。他的條件好棒。他在等我。他討厭我遲到。我不遲到。我不逃跑。我說到做到。商圈向我走來，它在那裡發光，照亮了紅樓的角脊。怎麼愈走愈暗了呢。我走過一家花店。怎麼在這裡開花店，太溫馨了，有人買嗎，怎麼還不倒閉，噢，情侶會買，但是買了能怎麼樣，能不得病嗎。商圈依偎著我，我蹲在花店前面，芬芳太濃卻看不見。那麼，保佑我沒有病蟲害吧，我希望那些花跟我一樣純潔。

（男友近來頭痛、惡心、失眠。我笑他，髒髒，你不會得病了吧。我們大吵一架。）

我在玻璃桌間走撞。要趕緊找到他。走、走、走走走，病毒小手拉小手。地面好像沒鋪平。外國熊、日本熊與臺灣熊圍坐四周，攤開《熱愛》看地圖。但那石板是真的沒鋪平吧。找不到，好奇怪。我希望找不到。雲變厚了，咖啡館安靜下來，我站著發呆。算了，好可惜啊是不是，別說沒來，我找不到，哀矜勿喜，回家吧下次看看。躂躂躂，戴著小熊耳朵的傢伙走近我。弟弟，不好意思，你擋到我們的表演了。回頭看，有人彈吉他唱哀歌呢。我忍了忍，拉住那端盤子的熊耳俏年郎就問。

攤位在那啊。

第一次嗎？他問。

對，填上我的假名。就叫小狼吧。圈子到處是小狼，與異性戀世界到處都國豪哪沒共款。雖然叫小狼的大多是小娘。喬伊你好，我叫小狼，不要叫我小娘。他笑出聲了，小狼你好。你笑起來很好看，為什麼要來這邊當魔鬼。而魔鬼從不休息。為什麼會來做匿篩？上網看到你們今天有做，我就來了。服務生端來一杯水。我慌慌應付那排問題。喬伊篩檢病痛病痛則篩檢我。出生年，虛報一歲，民國七十八。本國籍。大專。實話謊言錯雜排泄織一匹布，媽的真像人生。未婚。感情狀況？一個固定性伴侶。過去半年是否接受愛滋篩檢。不，從未。請問談到「保險套」，您對保險套第一個想法是什麼或馬上想到什麼？要戴。我草草寫這兩字。

那你們做的時候，會戴嗎？他問。

（沒戴過啊。對男友說，欸，開始戴吧？男友說，你不信任我啊。）

幾乎都有，幾次沒戴。

啊，你們可以更好。

是否使用過興奮藥物？沒有，從未嘗試。打勾之際，我想起男友怎麼玩藥。填好了。抱歉，這題要填一下，「請問您喜歡何種廠牌的保險套，含其類型」。我他媽的沒用過啊，我詛咒你。啊，這個，一時想不起來。喬伊看我。而且用就用，哪有人會去注意。喬伊又笑了。媽的你正經點。小狼，你寫你有印象的就好，好比岡本啊，普雷勃啊，杜蕾斯啊，性防所啊……噢對啦，性防所，我都跟他們拿。那麼你的原因？便宜？對，便宜。那你就寫「便宜」。我寫下了「便宜」。

（而病痛代價高昂。男友說，他與前任吵架，前任整星期三溫暖接力做愛。我問，他有戴嗎？男友說，他醒的時候都會戴吧。分手前他們又做，男友想謊稱針戳，打事後劑，二十四小時有效，電話說自費一劑兩萬六，男友就沒有打。後來呢？後來，我前任驗出陽性。）

愛滋空窗三個月。梅毒收一百元。沒問題。喬伊好謙恭，擺了雙色共款長試紙，起壇拜請生死符。紅色的，他指，藍色的。

以後我買手機便多了兩種彩澤。時尚白，質感黑，科技銀，香檳金。

愛滋藍，梅毒紅。

我要用這支採血針與這根集血管，小狼，從你的指尖採樣。歌聲隨風飄蕩，他按摩我的左中指，放鬆，小狼，推血到我的指尖。喬伊，痛嗎？扎了也不知道。謝謝你，寶愛珍惜我。我會緊張。沒什麼感覺的。我是說，驗出陽性怎麼辦。所以你只是來看結果的。採血針抵上了我的皮膚，我觀看紅樓背面。喬伊拈集血管在傷口來回摩娑，專注如東洋人間國寶。癢癢。不舒服嗎，他問。不，不會，謝謝你。

謝謝你，都好啊沒關係都隨便你。

但若得病，你要救我。

酒精綿球好冰，服務生又來添水，你可以走開嗎。

（男友胸口有疹。愛撫之際問他，他說過敏。那，我相信他。）

（買好麵與滷味，去男友那吃晚餐。擱了大袋小包，拿抹布要擦，男友抱我到床上。我還不餓，他說，但我餓了。他要，我給，我們就做。趁著愛撫，我摸他鼠蹊有沒有腫，有沒有新發的斑點，有沒有藏好他的病蟲害。）

是命，拉倒。都給你贏好不好。身邊落座一個人，白齒黑膚，真眼熟。我想起他是誰。先發制人。我爽朗向他招呼，哈囉，小封，你也來啦。嗨，你來我就認出你了。哈哈哈，我支撐我的大笑，我不恨他，那次聯誼認識小封，他在感染者支持團體做志工，電話要是要了，再也沒有聯絡，我好幸運，落花時節又逢君，匿篩結果還沒出來。好像匿名兩個字也可以拿掉了吧。我反覆練習，要是陽性，我會對他說什麼。選擇動詞，名詞，形容詞。然後造句，我是好學生，拿擦子擦去壞的。擦不掉，擦子壞掉了。我還是逃走吧，但我逃走何用，檢體在喬伊那邊。喬伊盯著檢體。喬伊，求求你，公布結果吧。他看我的眼光好怪，好像帶著憐憫。喬伊，求求你，讓我離開這裡，離開小熊村，回去西門町的春天。

為什麼那樣著急，喬伊說，講故事給你聽。

我有好多故事噢，你選，情侶的故事還是炮友的故事。情侶，好。半年前，一對情侶來驗，手已有梅毒疹了，梅毒中期的症狀。匿篩必須輪流做，他們一個先來做，

喬伊，對不起，我好虛弱，能告訴我梅毒檢體的血條還沒過半，為什麼愛滋的卻跑到底了？

小狼，梅毒的本來就比較慢。

嗯。

先做的那個，陽性。這種狀況，小狼，你會誠實告訴你男友嗎，會不會，應當告訴他嗎，說說看法好嗎。他一直問，他一直問，求求你，喬

伊，閉嘴，閉嘴，閉嘴好嗎。

（你閉嘴，男友吼我。我對他說，欸，我們一起去驗。我們約好暫時分開，冷靜一下。）

後來他對男友說，你今天要怎麼揍我都可以，可是一定要驗，我不會讓你離開。他男友也驗了，陽性。我有好多故事噢。他拿起手電筒照射檢體，好，現在來看結果。我即將死去了。紅玻璃蠟燭在燒血，放大又萎縮。小封在聊天。他假裝沒聽見。我朝手電筒的光看過去。

兩個都是陰性，要點什麼飲料嗎？喬伊問。

擁抱他們。再見。小熊村再見。喬伊、小封再見。走過花店，想要買花，你好，要這朵滿好的血色玫瑰。中年老闆扭臀赴收銀機找錢之際，我有點懂了花怎麼開在這裡。遮雨棚下，右轉就是西門一號的扇形廣場。你好，參考看看，我從小鬍帥哥手裡接過傳單，Funky的調酒兌換券。好好玩。掏相機拍了幾張紅樓木桌。好好玩，都好好玩。廣場圓心對面是西門六號，魚眼鏡頭裡有立體聲光。情侶共乘小綿羊在廣場上繞彎按喇叭玩，高中生在練舞，直銷商在做問卷。我走進漏斗做了匿篩，重回圓心，有點迷惘，每個角度的路都好適合。

也想告訴父母，爸，媽，你兒子已經還陽。

我看見小封與喬伊在掛黑紅海報的攤子接待下個客人。如今我拒絕顛倒夢想，如果他們像怪獸，那是冥王示現憤怒相。菩薩有慈心，地獄不空不成佛，適合當我們的衛生署長。我為新面孔祈禱，望你平安。

有平安都是自找。

然則驗出來有又怎樣？高中生還是練舞，直銷商還是問卷，太陽還是出水泥又進水泥，又怎樣，不會變成黑太陽，連黑子也不會變多。地藏王還是每天救人，只可能我要排的隊伍比較長。

回宿舍記得刷牙，很可能蟲卵還卡齒縫呢。還陽的人是不是都會忘東忘西，以為是場大夢罷了。彼時蝗災還沒來，我先用殺蟲劑噴壞了生活。那陣子到最後，做愛像在通靈，洗澡像在觀落陰。好好體諒自己吧你，我說。驗之前感覺整個臺北都有病，卡波西氏肉瘤長在路燈上面，驗之後，我想要好好喝碗帶酒的鮮魚清湯。

小封與喬伊啊日後我想念你。媽的你還不戴是吧，對自己說。後半車廂走出男友，三個月沒見了。去哪？我說，我去重慶南路買書。你呢？我去臺大醫院做匿篩，結果明天才知道，怎麼辦，我好害怕。他哭了出來。

我擁抱我的男友，將指尖的血點對準他手臂紅斑。乖，不怕，不怕，陪你回家。病痛不能惑亂愛。管他明天怎樣，我都愛你啊，以後，我們都要戴。

C楚 Bra王

史記放課，與Gay友論學。這姊姊也神奇，扔了財金轉外文，回馬槍雙修中文。我們遊行相識，返校方知，憂鬱的俏男孩竟是舞臺上髮豔唇黑的浪蕩皇后；植物精油，牡丹頭飾，真正的香草美人。我們戀愛一場，性器不合所以和平分開，床上切磋化為案頭琢磨。

我等自小承接世界的惡意，被迫精進論難以證吾乃合理存有，予豈好辯哉。他，烈火摧出的鳳凰，兼研司馬遷和Sedgwick，也讀朱熹與Judith Butler。國學出身的我，溫柔敦厚、莊嚴雅正，難免嫉他體現中西合璧真精神。他謙贈一聯兼述遊歐舊事：「賤妾中西合璧日，巴黎雪落白蘋時」。

我大慚損。凡有各方面皆超越你者，自省總是應該。愛情褪色了的聚首時光，我狠狠求教一如昔日床上狠狠愛。

那日談題：尚友古人。我倆歷數華夏五千年煌煌文明中，自己的小寃家。不愛了才敢說，還相愛就說了是拿刀彼此毀傷。后羿很會射，我說。嫪毐能舉車輪，他說。我：秦始皇要叫你繼父了。他：彌衡與秦鐘是可愛弟。跟你撞號[1]了，我說。他：提到撞號，畏零公偷窺重耳洗澡，想是先驗貨以免規格不符。重耳駢脅耶，健身房上得勤，腹肌像冰塊盒，難免被大叔騷擾，我說。張良很娘，黃石公是他心中戀鞋戀襪癖的鏡像，他肅顏分析。我：娘舞弟就是Gay Bar裡跳排舞的阿妹仔啊。辛棄疾心中亦有小少女名喚辛杜瑞拉，他說。我：戰國七熊在紅樓必受歡迎，竹林七賢轟趴團

1 撞號：一號遇一號，零號遇零號，合體不能也。

是天菜[2]限定。你想入劉伶褲中？他笑。不，我想跟嵇康同床打鐵，我答。我：建安七子是許昌飛輪海。他：初唐四傑是長安棒棒堂。我：唐宋八大家是中古Super Junior。他：故人具雞黍，事前洗滌也。綠樹村邊合，青山郭外斜，下體也。開軒面場圃，獻身也。待到重陽日，還來就菊花，下次再約也。孟浩然是老酷兒。那麼，我說，子美是個老童男囉？舍南舍北皆春水，芳心寫照也。但見群鷗日日來，鳥過門而不入也。花徑不曾緣客掃，蓬門今始為君開，禮藏數十年而珍重交託人也。他：李白這混血猛男也有點嫌疑，又是綠竹入幽徑，又是童稚（！）開荊扉的。我：王維這佛心阿宅卻是俗情未央，故有〈辛夷塢〉一詩。他：昨夜江邊春水生，艨艟巨艦一毛輕，向來枉費推移力，此日中流自在行，天哪朱熹玩很大。樂斃了的我們遮掩住洶湧褲襠。

爭點在項羽浮現，且緩煮酒論英雄。你道他說什麼？他罵我老公，如兒時邪惡鄰童奪走我布娃娃，點火燒她紅唇。他說項羽是中國史上最大的

Drag Queen！我忍住了沒拿桌上那塊磚——瀧川龜太郎的史記會注考證摜過去。

且不提職軍於圈子裡萬人擁戴，多的是一夜情還穿迷彩赴約，前男友你不知，多少個枯萎日子，我捧讀〈項羽本紀〉像看《總裁老公別造反》，熱淚盈眶、小鹿亂撞、天靈蓋玫瑰盛放，揪心幻想我與霸王，他擁我入寬胸，烏騅奔騰，噢，我為他緩歌慢舞，那鋒利劃過我白皙脖頸，羽，我在天上等你……

你盡可幻想你吸楚霸王，他正色道，我寧願呼一聲C楚Bra王。C楚Bra王？我看見項羽穿水鑽大Bra衝鋒如亞馬遜女戰士。還翹小指。他細說從頭，我幾乎中風。Roland Barthes，他說，and Judith Butler。我想燒他紅唇。羅你爸的藍葩特，豬你媽的巴特勒。外文系的傢伙烙英語就秋條囉？

2 天菜：完美男子，吃到了猶如天胡也。

RB說作者已死，JB談性別展演，他言。史公是死了，我想，死得很慘，又怎樣？文本開放，讀者創造意義，惑亂男角女角，C楚Bra王便出生了，他笑嘻嘻道。我想崩他白牙。我素褒亭林，貶守仁，最恨乏考據的邪說，見西學令舊愛淪墮至此，聾其聰，瞽其明，淒涼況味乃千般心頭。這可憐亦復可笑者我愛過呀。我也不發問，聽他東書不觀，游談無根。〈本紀〉載項羽長八尺餘，力能扛鼎，他說，我阿姆斯特丹認識的扮裝皇后就是啊，高逾雷峰塔，壯似崑崙山，汪洋宏肆的臀瓣，雄深雅健的胸肌，假奶奶巨勝硨螺貝，絡腮鬍濃過馬克思，穿紅高跟走路便是風雲起，山河動，筋腱繃得亮片蕾絲小可愛與螢光網襪如臨深淵，如履薄冰。這不證成他是扮裝皇后啊，我駁。你再看，他講，鴻門宴後，張良獻霸王白璧，獻亞父玉斗。范增拿劍砍了它，項羽卻無限珍惜，「置之坐上」。這不跟國中女生以水鑽貼滿手機同出異名嗎？Drag Queen都愛亮晶晶的東西；兩者同謂之炫，炫之又炫，漂漂之門。不待我質疑（我暗撫近胯處貼水鑽的手機，稍稍惑於他了，被他的學院派心理分析擊中了），他擒賊擒王：證據到哪，真知原向此中求。請看文本中的文本，〈垓下歌〉。論〈垓下歌〉前，先析〈大風歌〉。〈大風歌〉，〈大峰哥〉，大陰男也。看沛公陽具崇拜：大峰騎C雲飛揚／威加海內C歸故鄉／安得猛士C守四方，表現了Gay圈陽剛尊貴C卑賤，健身人奶練大，髮推短，以為「正常」了，交友拒C、約炮拒娘，視C妹娘姨為害群馬、眼中釘，斥遊行敗壞觀感，「何不潔身自愛？」，忘了臺灣成為東亞彩虹（尚缺同性婚姻法），是C爆了的菊花崗烈士被人砸磚、臨檢、性侵害，血肉築起的長城。沒有C楚Bra王滅秦為大漢開道，大漢能得天下？反觀〈垓下歌〉：麗Bra 3C泣gays（妖嬈的假奶Queen手持最潮iPhone問鼎中原，小gay自嘆弗如）／時不利CG不識（皇后裂土封侯，九州安定，一代代小gay漸不感恩她了）／G不識C可奈何（小gay生於安樂，歧視C妹，老皇后想，怎麼辦？）／余C余C奈若何（奮起。老Queen憑欄處，壯心猶未已：我就是C，我就是C，你奈我何？燒成灰，舍利子也翹小指）。

我與他戀愛過，他是我前男友嗎？我不認識眼前的少年了。

知伊投身同志運動與女權運動，我恐懼中深深祝福。不是每個人都能為煉劍投爐。怕他太過堅硬為瓦亦不能全，怕他太過崇高忘了我。運動者汎愛眾，救度十方有情，留給自己無情。久不敢與運動者交往，想自己是〈月印〉那個文惠，素樸的無知嫉妒，親手槍決了丈夫。如今我曉得運動者心亦溫暖，當時惟含小恨（只因我也健身）聽他把話說完。

我又怎不認識伊，伊睛珠的光華我最熟悉，昔年愛我，今朝愛人。你生命可有此等見一回愧一回底人物？我不能以私害公。伊運動者，我追隨者；伊主義者，我卑弱者。伊作人間獅子吼，橫眉冷對千夫指；我遣小姑嘗羹湯，悔教夫婿覓封侯。

我將項羽讓度伊，一如少女捐金手鐲支持革命。我承認霸王複義：好MAN的職業軍人、天菜異男，好娘的大號Drag Queen，我們的C楚Bra

王。如是，他同時滿足了圈內最極端的兩種需求，名副其實的Gay Icon。

那日，我秉他脈絡續說：虞姬是象徵，余雞也。霸王別姬，Bra王別雞也。余雞自刎，跨兒[3]與生物性別之頡抗也。刑天舞干戚，猛志固常在，百死無悔求索鍾愛形貌，何止英雄，梟雄也。酷兒者何，酷兒不是暢飲調酒聊革命、心情小語都成詩的咖啡屋姿勢分子，酷兒是絞肉機就在眼前仍無怨躍入，盼自己的骨血至少能卡它一時半刻、一個世代的傢伙們。有人言酷兒卻實非酷兒，有人不知酷兒何物而何止酷兒。引刀成一快，Bra王真女人，跨兒超度了胯兒躋身酷兒。許多跨兒不也盼生物心理兩性別天下一統？不也盼一個烏有父權暴政的彩虹國、安樂鄉？有的跨兒隱身避秦，有的跨兒挺身抗秦，有的跨兒變身赴泰；史公言「究天人之際」，不正是他們嗎？小小的悲劇英雄幹大大的事只為了小小的夢。史公為何推重項羽，

3　跨兒：跨性別者也。包含CD（扮裝者）、TV（易裝者）、TS（變性人）等小類。

置之本紀？因他本人亦是齎恨含羞、對抗「天命」的老跨兒呀。

語畢，我見他袖管裡幾道傷疤，詢問緣何。他道那日女裝演講，簽了講師費的領據離開，在死巷被拿刀的混混包圍，「人都被逮了。」

我看著疤問：你覺得項羽最後被分屍了有何意義？誰知道，他淡答。我詫異。他精神又來。父權，他高聲道，容得下C楚Bra王？

他這人就是這樣，永無暴雪飛霜，永遠快樂出帆。見談話氣氛低盪，他立馬翹小指曰：唉呦，我來口占一絕，陽韻，聽好啦：

不是梟雄不扮裝，虛鸞假鳳真奇航。
木蘭臨鏡貼花日，猶憶當年楚Bra王。

分開後各自修煉，成為更好的人，就是愛情的意義。我是服他的了。

不老女子新公園

痞痞看建宏走回來，問說：怎麼樣？

就互換電話了，建宏答。

痞痞笑呀鬧的對湖水大吼大叫，坑坑疤疤的臉孔映在水上：這世界果然為你來設，我們這些爛基因準備絕種囉。建宏坐下來，寬肩斜張，看著痞痞背影：幹嘛這樣。

那夜氣溫高達三十六度，我們練了熱線募款晚會的舞。（女神卡卡這回趴上外太空的星雲，一貫搞怪風格，機關槍奶罩掃射全球小Gay，中者非死即傷，在每個地下舞池之中翻呀翻白眼，茫掉了還要大吼：GaGa

WuLaLa，Want your bad romance——）不知誰抽的塔羅牌（塔羅牌在圈子裡似已不潮。然而老姊姊們時不時仍要鋪開絨布面對面抽著幾張，太陽月亮星星權杖ㄅㄧㄥˋㄅㄧㄥˋㄅㄧㄤˋㄅㄧㄤˋ的我從沒懂過），一行七八個人遂撥開燠熱空氣像撥開烤肉方磚，答啷噹，答啷噹，走闖二二八。

每每講述我高中，便想起徐志摩賣的關子：我高中，我高中那時候呀，唉，不說也罷，說來你們也是不信的——無聊又恥鄙。今日的我捧照片回想過往的我，哪裡瞧得見像痞痞、建宏這些臺北小Gay那樣，紫染玫瑰灑金粉貼水鑽的妖花。全國第一志願裡，中一中給人的感覺就是臺，那是我的母校。臺，就是Man，高，臭，大，粗，多，爽。在那樣海口腔與幹你娘齊飛，小澤圓共飯島愛一色的日子裡，一中小小圓仔花的情慾能怎麼辦，化成蚯蚓，鑽進土裡，然後轉頭，看見一夥人強脫倒楣鬼的內褲，嘩啦啦笑著說，幹，你雞雞好像蚯蚓。

他們的雞雞就是我心裡的陰莖。雞雞是便器，嘲笑他人的對象。陰莖是生殖器，慾望他人的對象。我永遠站在雞雞上面，看著他們的陰莖，不知道還有哪裡能去。猥瑣的小人總是瞧不見光。當校籃隊員從爛得到處流蘇的書包裡，撈出他經銷的日本片呀歐美片隨人挑選，松島楓、草莓牛奶、高樹瑪莉亞（對同性戀來說，這些女優芳名是我記憶的最大極限了：沒必要欣賞她們，偶爾夢想成為她們。）我垂著眼，睫毛遮掩視線，瞳仁怯懦地對準他的襠部，然後，在下一個午休，被導師叫到辦公室去：老師現在問你，你是不是……同性戀？（不，不是，老師，怎麼可能，誰說的。）那就好，不然老師很為你爸爸擔心。

閉上眼，哭一哭，希望自己的痛苦，是那所學校裡，一切求不得之悲哀的總和。很賭氣，很濫情，躲在衣櫃掉眼淚，撥給暗戀的人，然後被他大吼：不要再靠近我了。不示弱，不甘心，努力減肥學穿搭，然後在畢業典禮的時候撞見他的女友，不曉得往哪裡走。獨自穿行華燈初上的一中夜市，圈圈圓圓，覷美麗男孩，直到月亮看不見。告訴自己不是的，只不過喜歡男生，不是個同性戀。就這樣過了三年。

湖心亭。亭後是捷運站的出口，不是太陽餅綿延千家的自由路。拖迤步伐，踅著踅著，不是外勞流鶯老年人，而是臺北們寂寞芳心。（夜歸臺中，第一廣場有衰老女子襲近問：少年耶，欲爽一下唔？我回：阿桑，有查甫耶沒——算不算個性別運動的游擊戰？）我們從臺灣歷史博物館出發，經過紀念碑、紀念館，繞行公園一圈，魔法陣就啟動了。當晚，於此蒸溽的大森林，我們一路看見許多雕像矜坐椅上，站在街燈的光圈裡，嬌掩路邊的草叢中。時不時會有流螢戴腳鍊、掛耳環，著沖浪繩的不諳沖浪，披籃球裝的未解籃球，看他穿梭我們如入無人。然後走遠，他才折返，拍拍我們肩膀。於是，我們就少一個人。半場妖精打架的時間過去，幸運的魔法師重又歸隊，漂亮的流螢小星星痕跡杳然不知其終。我們問他，怎麼樣？他聳聳肩，一派輕鬆地說，互換電話而已。……

那日與建宏談心。唉，我說，好可惜，上來臺北之後，才有自我認同。若果我以如今的身體與心情，重來一次高中，那必定好精彩，也許是校花千人斬，也許是電影《艋舺》裡一幫兄弟簇擁的黑道太子，讓一群對同性戀何其友善的俊美男孩抬著過天街。夜色涼如水，「想太多」，建宏說，「我高中就去二二八了。有個中年人來搭訕我，我拒絕了他。他啐了一口唾沫在我臉上：來這邊不就是，給人釣的嗎？」

是了，是了，我拍案。

建宏，我好羨慕你。這就是我想要的高中生活。唉，建宏，你比我帥多囉，你在那邊拒絕人。而我，我在那邊若被拒絕呀，我也覺得嗯，那是很好，很好的呀。

過去已經來不及開燈了。是以，從臺北傢伙嘴裡如體液般滑出的王國傳奇，才會這樣誘人。都說這裡的樹木會勃起，花會吹喇叭，月亮會潮紅，廁所會發光，草叢會移動，石子路隨著星辰旋轉。都說來過新公園的

Gay，便擁有正典化的愛情，二二八就是圈子裡必讀的論孟學庸。都說二二八百鬼夜行，醉時同交歡，醒後各分散，你纏綿的那個花妖木魅，千千萬萬要注意，是不是你陽世的上司親朋。都說二二八，都說二二八……圈子裡哪個人說二二八，指的會是民國三十六年的那場鬥爭，卻不是草木漫漫裡獵人與獵物的一場野戰！

阿澤哆啦在睡覺，痞痞建宏在跳Alejandro。我斜乜他們的倒影，渾是夜來香的水仙少年。如今我擁有在二二八起舞的勇氣，卻無法套上一中天青色的制服來踅來逛來找愛。

時間、空間、氣味都不對了。

住錯地方，生錯時間，來不及。

來不及了、來不及了、想要就要快！

我們推搡痞痞，喜見他踉蹌前行，嘩啦啦啦撞翻一堆炙熱的空氣磚，朝那遠走的熊腰，步步踏踏而去。誰教他今夜走了背運，繞公園轉經輪好幾十圈，我看上頭的心經大悲咒都磨平囉，渾沒個露水好姻緣，只能灌啤酒朝湖央一陣亂嚷：女神女神，您說怎辦，迌迌一世，今晚處男。求不得的大苦，小Gay都萬品千嚐，所以，當那隻痞痞好喜歡的熊兒，騷過我們面前，一夥人都勸痞痞，須得好好把握。同性戀的美麗猶然短過荷葉邊的露珠，能不及時行樂？

他去是去了，回來卻翻白眼，做鬼臉，吹鬍揚眉唇兒扁。怎啦痞痞？唉，他講，彼此是有興趣，我一靠近他，兩個人都沉默啦，雙雙轉頭就走。很多事，還是保持距離，也才有點美感！

我恍有所悟。秀拉的〈羅德島假日午後〉，遠有風花日月長的清景，近了，不過是叢叢未知所云的色塊。臺大年年的杜鵑花季，遠有東海波濤的氣勢，近了，都笑說欸，哪來的紅色衛生紙球、白色衛生紙球。關於愛情的小說，得等傷癒之後才能筆之於書；失戀的日子你寫，分泌的只是滿紙荒唐言，一把辛酸淚——那還算好的呢。生命裡路過我的幾個男孩，擁吻之際也曾笑著問過：欸，聽說建中好淫亂，學長學弟表姊妹。欸，聽說你們武陵超多帥Gay。欸，你真幸福，能讀花中，原住民性感的呢……他們驚訝轉頭，一概回答：哪有，聽誰講的，大家才在說呢，你們臺中一中多精彩，聯誼的時候，最優質的都你們中一中的，你呀你，身在福中不知福！

二二八的傳奇，也是這樣子嗎？

蛟龍出沒猩鼯嚎的魔法森林，由詩人代代傳唱，庶幾飛升夜空，取代霸權的、居其所而眾星共的北辰。島嶼上，男孩們玩娃娃、做有氧、練胸肌、蹲著尿、裝可愛、擦指甲時，心底都惦念起這座懸圃的輝光，那兒的水晶螞蟻盡皆入對出雙。來了臺北才發現，天河水淺，鍾愛怨望的群星，搭捷運就能抵達，進去晃了一圈，熱，真熱，很多的新鮮，些許的失望，所謂正典，不過如此而已……。

求不得，苦。求得了，有所心傷。

金樂園，錫樂園，失樂園是真樂園。

至少，我想，至少，我來到了這邊。

寒日杲杲，生於東方。晨曙之間，阿澤、痞痞、哆啦斜交歪擺，倒臥湖邊睡去。建宏在遠處練舞：Bad Romance，愛無赦，Hot Issue，閃閃惹人愛。光華褪不盡，二二八仍是每個時代的男孩表演場。我開始想像，等我老了，也要帶一隊少年來此走闖遊行：建中紫豔，一中混血，武陵多毛，雄中豪邁。他們抵達湖邊，倏忽作鳥獸散，留我一個老頭打盹。在同樣美好的清晨，男孩們猶未歸來，我將鑰匙丟進水中，俄頃有女神出，甩了鑰匙還我說：我可沒空陪你玩挑斧頭的誠實遊戲。須臾天光大亮，又一神祇飛入新公園，彩虹波濤之下，天上湖中兩個不老女子擁吻交纏。

水仙

水仙是在去鶯歌玩的時候買的，一間兼營陶瓷與植栽的店。

從小就有備受嘲弄的慈心。我不慎踩到家裡兔子的尾巴，兔子大叫一聲，叫聲充滿痛懼。那天晚上我跪在兔子的床旁邊，跪了兩個多小時，爸媽來叫都不聽。兔子睜著眼睛奇怪地看著我。

那兩顆連體球根也睜開眼睛看著我，我清洗專門買給他們的玻璃碗，我覺得我是在給小孩擦嬰兒床。

冷天氣裡孩子長得更快了，出落成了不對鏡的美少年。不對鏡，因為還沒開花。但是我有私心。我發現，水量會影響他們的生長速度。愈多水他們長得愈快。我發現這個祕密的那天開始，就吝於加他們水。我想與男友並肩看水仙花。那個工作狂已經好幾個星期沒有主動聯絡我了。接那麼多工作為什麼？我好為他憂慮。還會亂熬夜，今天著涼明天又發燒。每次聽他說，寶寶，今天我們還是不要見面了吧，我又發燒了。我會又氣又擔心，轉身又把水仙的水倒掉一些。

現在水仙的根僅有底下的稍微碰得到水。花苞早抽得高高的了，面向窗戶玻璃像在對鏡。媽媽要他們等爸爸來。

那天我拿備用鑰匙開他套房的門，看見了那盒剩一半的保險套。我立刻回家去。兩朵花苞已經裂開，背對我面向玻璃。轉正他們的時候我嚇到了。我沒看過這樣蒼老的花朵，沒聞過這樣蔫弱的芳香。我覺得我對不起他們。我霉壞的愛情沒權力剝奪他們的生命。我想哭泣，我想抱住他們。

我幫他們清洗沾黑的球根，加好了滿滿的水。我是萬分慚咎的媽媽。我將他們放回窗檯，關門要去睡覺，上好了門的內鎖。明天，媽媽要自己看水仙。

口交詠嘆調

很久沒幫人口交，也很久沒被人口交了。日子一天天過去，我愈來愈遺憾。好像我把晶瑩多汁的果子留在樹稍，捨不得摘，或怕爬樹摔了所以不敢摘，只是悻悻然立在樹下，仰望碩大飽滿的果子屁股。幾星期後，果子爛光光啦，我什麼也沒得吃，我什麼也沒有了。

之所以有這感覺，只因為我認為，口交是人類交換愛的法式裡，那最最優雅精深的。

口交不附庸於肛交、指交、拳交、陰道交。口交廁身前戲，那是口交謙卑。

口交要宣布獨立。口交老少咸宜，雅俗共賞。口交惟精惟一，允執厥中。哪個縣市不妨舉辦口交節，選拔口交達人，開班授課以饗國人。

我何以如此推崇口交。

聽聽我回答你。

第一，方便，速捷，高效率。肛交清半天清不乾淨，做一做，餘味悠長有尷尬。口交你拉一條鍊，他出一張嘴。您出一根莖，他為您收精。

噢，還是得先清過啦。無垢，宗師真境界。

話又說回，若對方真是你的完美對象，包皮垢也能是藍帶起司。別擔心。

第二，它將對方最令你揪心的部分盡可能納入你的視野。你能悲喜交集，欣賞乃至於膜拜他的馬眼、他的青筋、他的恥毛、他的腿肌。

是啊。你想想，人生一場幻夢，世界上能夠有誰，壓你的頭於他的陰部，你不引以為胯下之辱，反而無入而不自得，面對黑欉欉的恥毛，眼耳鼻舌身意於其中各得其所，從中提煉出人生至樂、天地大美。

要我說，我會說，十年修得同船度，百年修得共枕眠，千年修得你鼠蹊有我容顏。

第三，它將人世間聲譽崇隆的部位與人世間聲名狼藉的部位結合緊緊。一人的頭結合另一人的恥部。那頭也許剛剛解決了智慧大問題、制訂了家國大決策。那恥部也許才驅水入深潭。

所以我說口交很左，口交是社會主義，口交是身體的無產階級文化大革命。孔子說，吾少也賤，故多能鄙事。打倒了孔子的毛澤東說，共產黨員不怕髒，不怕臭。笑看毛澤東與孔子的莊子說，道在屎溺，技近乎道。

●

我最鍾愛的一次口交，是我參加彩虹熟年巴士時發生的。

那是一場中老年同志的出遊。性別友善組織舉辦的。觸目所見皆是老大哥老大姊，僅有的幾名隊輔顯得過度青春，像灌了微量螢光劑的果子。

行程未半，在陽明山擎天崗上（你看看，擎天崗，這名字取得多好），我棄責任於不顧，拋下我照料的大哥，與另一個掛隊輔名牌的男孩亦步亦趨，雙雙閣進了廁間。

廁間沒有天花板。所以他仰靠上牆，我蹲著解他褲頭時，空氣是很流通的，聞得見大草原的香氣。

他的陰莖從褲頭彈了出來。很美麗的陰莖，纖密的紅血管纏繞表皮。鳥雀在牆頭竊竊私語。我的手愛撫他的陰囊，他的手抓按我的腦勺。天光雲影的變化，讓他的陰部一明一滅。他射精的瞬間，仰頭發了呼換的聲音。我順著往上瞧，瞧見他喉結升降。再上去是藍得摧心的天。天上有類似大雁的鳥成群飛過，叫了一聲。

回到隊上，總召帶領大哥大姐玩起了團康。你說巧不巧，那題大風吹，題目剛好是：你喜歡怎樣敦倫。（總召花了一段時間，以國臺語雙聲帶解釋，敦倫不是英國首都。）除了老T小拉們都站在「指交」的牌子下，所有人都選口交，椅子都不夠坐了，像是在證成什麼。我與他相視而笑。

我曉得了，什麼是好的口交，什麼是壞的口交。

出一張嘴者啊，你必須珍惜初夜。

說準些，不是你的初夜，是你與他的初夜。初夜如青鳥，一去不回頭。初夜以前，那扇褲襠、那條拉鍊背後，是未知。用老子的話來說，就是無。欲以觀其妙。用希臘神話的話來說，就是潘朵拉的盒子。用量子力學的話來說，就是未開箱的薛丁格的貓。幻想過多少回，咬著嘴唇臉潮紅，下體勃硬抱枕頭，柔腸百轉捻斷三莖鬚，想的都是伊人該擁有怎樣的春山。珍惜吧，我的出一張嘴者，你與你的每個對象都只有一次機會。拉拉鍊前，盡汝所能，揮灑瑰奇想像與純真之心吧。情人眼裡出美麗陰部。

準備好了，深呼吸，為死去的一廂情願童話世界垂淚，就可以打開褲襠，拉開拉鍊。講句好笑的，以後你媽媽搶購春節福袋，氣喘噓噓坐在地上迫不及待就撕，你懂那種心情。

福袋開了，老子從無而有，欲以觀其鳥仔，潘朵拉的盒子連希望也不剩，薛丁格的貓死了。王爾德，我們的大姊，快樂優雅，拎一朵噴了香水的向日葵跳出來講：人生兩大悲劇，其一夙願未果，其一夙願已償。

大姊說得都對。有人就抽得到五十萬小休旅車，有人的福袋裡是施華洛世奇水鑽。溼滑若是騎，您以為籠中的青鳥是九彩斑斕、老冠大喙的熱帶鸚鵡，飛出來朝您發啁啾好音的，是我見猶憐的小白文鳥。您以為豐草長林必有參天古木，腳下兩巨石圍了紅布條祭祀曰：樹王公、石頭公。鐮刀一揮，最後一落芒花刈去，您與陶淵明同發千古詠嘆：噫，草盛豆苗稀。

當然啦，也可能反過來。我與梁實秋先生一樣愛鳥，我再以鳥為喻。您這出一張嘴的捕鳥人帕帕基諾以為今日獵物是騰躍而上，不過數仞而下，翱翔蓬蒿之間[1]的斥鴳，吱吱喳喳的好可愛，詎料一陣風吹來，此鳥怒

1 語引《莊子・逍遙遊》。

而飛，哇噢！水擊三千里，摶扶搖而上者九萬里，其翼若垂天之雲[2]。您下巴掉下來了。

後來真的掉下來了。

那是一次經驗：看他小身小臉，唇紅齒白，講話嗲聲嗲氣，沒想到。

好幾天我嘴巴痛。

這未必好。你不是楊過，有能力、有心情、有意願駕馭神鵰。

都一樣。肛交、手交、陰道交，都一樣。大鵰未必滿足了你的加分題。（插一句話。我的異女朋友說，她平生最怕的組合是「神雕狹女」。）

更重要的是整體感，那個ㄈㄧㄨ對不對。

一架七層樓高，鋼筋水泥的獸柵，遠遠瞭去，以為麒麟敬獻明成祖的美事發生在今日臺灣，以為天降祥瑞，鳳凰蒞臨，總統頒發大綬景星勳章，靠近一瞧，關一隻小麻雀，不太妙。竹籤紮成的精巧鳥籠，卻綳了一隻怒吼的大鷂鷹，掙扎著掉了一地腥臭的羽毛，也不好。我真愛衝突之美，不協調之藝術。我先聲明，這裡討論的，是那些不美的衝突。你就想嘛，味增湯加一點蔥花鮮美，灑滿整碗湯面，可乎？

福袋日常悲歡交錯。

應然實然迥不相侔。

豈非人生。

如何在不好中看出個好來，是你面對不對味的陰部之第一等要緊事。原以為是黃金的黃鐵礦，總還能與其他寶石合打一條亮晶晶的項鍊。

我友吳妖妖與一名高中體保生廝殺過，陰莖又臭又彎又小。他馬上著迷於運動人賽過大衛的勾魂雙腿。我友蕭美美則約過大如臺中香蕉軟若彰化肉圓者，那晚他欣賞他梧棲港似的眼睛、龍山寺般的鎖骨。

本來如此。口交是豐美的人生課題。你擲骰子本不該有過多期待。

今天的教訓是：缺陷，從反面看是豐盈。

口交讓你有思想。日後去羅浮宮欣賞那些缺手斷腿的雕像，便生千般

2 語引《莊子・逍遙遊》。

滋味。

真的啊。我本身是個完美主義者，過一個永遠不滿因之極端痛苦的日子。自從我遇上了幾次不愉快的口交（有些淪為口角），被金玉其外的陰部撞得七葷八素，撲蹶於地，便開始反省人生。

如今我理解，完美如露亦如電，如夢幻泡影，從此便更釋懷。送往迎來，春貼桃符秋落葉，沒有褲襠入而不自得的。若因為福袋不是個個頭獎，便對人間世心生怨懟，一頭戢入虛妄的幻像，袖手談心性，為情色小說情色影片消得人憔悴，封死了窗，忘了美麗塵世有各種愛洞逾恆的鳥，就捨本逐末、等而下之了。

謝謝口交老師。

體察其衷，即能玩乎其外。

正本清源，即能郁郁乎文哉。

如是便談色、聲、味、藝、姿。

色。

被深深拜訪前，欣賞凶器形貌，花紋、血管都玩味，方能無憾赴死——死的美學。對宰制自己的人做無怨的大臣服。

凱撒渾身刀傷，對布魯塔斯說，「原來你也是」。

一幅名畫，手槍的輪廓中綻滿七彩玫瑰。

聲。

詠嘆緣乎情性，不學而能，越名教而任自然，最真實的本我。情之所鍾，正在吾被口交時。

黑豹般的小伙子，高潮有如志玲姊姊唱兒歌。蓮花臉孔的叫起春來不輸值星官的口令。我最喜歡這種人了。連詠嘆都假，那朋友你要小心。

味。

山的男人像山，海的男人像海。族群也自不同。臺灣男人有梅花鹿的野氣。有家鄉雨後的暖溼。有操場的地熱，臺中由冬轉春的氣味，南迴的盛夏，北國的初秋。有夜市炸雞投圈圈的香氣。有游泳池混了氯氣的霉味。法國男人，我姊妹說，有一種木質的香味。尤以巴黎為最，布魯塞爾的就淡了。

藝。

雙人運動，肌肉力度延伸成空中的虛拋物線。網球，桌球，再近是雙手聯彈，最終口交。要人雞己雞。嚼有情。禮若奉至尊。更講究天人感應，燭照彼此之心，不言而你進我退，你動我動。

是tango（也確實探人之戈）。是匠石與郢人（白漆則愈砍愈多）。是伯牙與子期（啊，高山請流水吧）。出聲發令，等而下之矣。

姿。

至美至哲學的，便是六九。米開蘭基羅生若逢時，懂得六九之美，大衛像便要雕成兩人。何謂六九，六九是巨蟹座的符號，69。沒有了主受詞、主被動，兩人首尾相啣，自造一個莫比烏斯帶，自化一條銜尾蛇，自鑄一臺永動機。

無階級、無宰制、無貴賤，兩人彼此傾吐，彼此祝福，直到永恆。我們每個人降生社會之中，不都如此得之於人，亦施之於人嗎？我將彼種真精神奉為圭臬，才會做義工，回饋社會的呀。

他，與我同個心思。他，真是冰雪聰明。

回市區的車上，義工已無事，大哥大姊飆老歌。我們相偎相倚，玩起了詩句接龍。

玉人何處教吹簫？手把芙蓉朝玉京。瑤池阿母綺窗開，笑問客從何處來。停車坐愛楓林晚，一生好入名山遊。紅杏枝頭春意鬧，山在虛無縹緲間。錦江春色來天地，蓬門今始為君開。聖代即今多雨露，幽咽泉流冰下難。春潮帶雨晚來急，巴山夜雨漲秋池。甜甜的甘蔗甜甜的雨，多毛又多鬚，啊——最鹹最鹹，劈面撲過來，那海。

我與他手牽手出了廁所，不怕人看。

不。

邀人看。

●

臺北的空照圖：水塔，頂加，高低無聲繁華的花園。

花園鄰棟有荒疏天臺。天臺有黑點。其中一個是他。

一群少年在樓頂霸凌陰柔的男孩。他衝上去阻止。

十幾秒後他出現在地平面。

他沒有搭電梯，也沒有走樓梯。

帶著在我舌尖永恆馨香的美麗之根，他加速度運動而去。他的身影是劃過太陽的黑子，劃過森林的太陽。

●

我參加了他的喪禮。移靈時，他母親，一個生命肅靜的女人，倚在「喪中」的門邊，望著那罈骨灰。我的性趨力，成了一罈骨灰，供在那裡。我望了望那骨灰，又望了望那望著骨灰的女人。同樣基因的靈肉。

我閉眼默想他所有的細節。

髮旋的鸚鵡螺。

瞳孔。

人中的柔鬚。

唇間的波浪。

消波塊的喉結。
腋毛的防風林。
乳頭。
腹部的細髮。
人魚線。
雙腿的潮間帶。
陰莖。
纏繞如使君子的血管。
我們曾經是那麼快樂。
最可惜的，是陰莖沒有骨頭。
燒完了，什麼也不會留下。

立可白物質考

「欸，這立可白到底怎麼開。」

我望著天豪的大黑手中，筆狀的飛龍牌立可白。鮮藍與深白交織的立可白的身體，在他橘紅色的、帶著青筋的掌心，特別突兀。

這是我買給他的第十三支立可白。我多麼希望他好好讀書，好好做人，不要走上他們家那些男人的路。當我看見他一臉屌兒啷噹，被老師叫出去罰站，罰半蹲，被椅板一下一下地抽，我就十分心痛，好像那一下又一下抽著的，其實是我的心。

抽著我的心的，不是老師，是天豪。

有一天的體育課，我不舒服，待在教室休息，其他人在操場打著籃球。我遠眺天豪亮晶晶的身體，抓起他剛才匆匆換下的制服短褲，將自己的鼻子安裝在裡面。忽然一陣砰砰乓乓的風。我衝出了教室，看見了同樣亮晶晶的身軀。

那天起，天豪對我的態度變了。他命令我跑腿，命令我寫作業，幫他送情書給喜歡的女生。我偷偷將情書撕掉了。幾次以後，天豪發現了，也沒說什麼，以後就他自己送。

我望著他走到她的班上時，那雙毛茸茸的雙腿，忽然有了動力。我想起了自己功課很好。我開始督促著天豪讀書。老師公開表揚了我的行為。我站在臺上，溫柔地望向了天豪，發現他的眼神不涼不溫的，有點諷刺。我送了他更多的立可白。他的立可白用量愈來愈大了。他好用功。我在心中溫柔地表揚他，企圖隔空摩擦他的心。

他的成績遲遲沒有起色。有一天，我躡手躡腳潛入他家，想就近督促他。我看見他用小刀切開了我買給他的立可白，倒進一個紅白塑膠袋，揉捏它，然後將鼻子安裝在裡面。我的眼淚蓋了下來，我決定裝作什麼都沒看見。

畢業典禮前，天豪終究被警察帶走了。臨走前，他叫住了我。

「過來。」他說，「過來。」

我過去了。「至少我有開心到。」他說，「送你兩個禮物。第一個。」他將我的頭壓在他的褲襠上摩擦。「你一定很愛吧。第二個。」

他扔給我一支立可白。鮮紅色的。

「我總算把它打開了。我裝了我最秋的東西。送你。」

什麼東西？我問。

他悄悄對我說了兩個字。

我看見他耳朵上的薄毛。他走遠了，我兀自燃燒。

那天以後，直到長大成人的如今，我都用飛龍牌的立可白。都用鮮藍色的。天豪送我的這支鮮紅色的，我沒有勇氣打開。當我聞到了立可白的氣味，我就想像，每一支立可白的氣味都跟天豪一模一樣。我溼了。永遠乾不了的一支立可白。

每天，他送我的這支，在我手上，被我握得溫溫熱熱，好像他剛剛射進去那樣。我附耳去聽，想聽見裡面千軍萬馬的生命活力。

輯三 ● 惚恍金時

鄉夢現實

我們的生活往往遺留極大部分的不可解。猶如我們的腦，天才終其一世使用不及半成，另外九成半黑黑沉沉，隱匿於細胞汁液的某處。可解的半成像是昭昭白日，清晰而未曾擴散暈染；不可解的九成半即是夜了：睡去的濁濁糊糊，又及一些灰撲撲的夢。

一切不可解裡，最費思量的或者是夢。

夢境每每自動前來契合生活，複製白日的現實。比如白日你暗戀一位長髮的女孩，那麼夜裡夢的可能就是溫香軟玉喁喁私語的神仙光景；白日你被狗追咬跌落水溝，夜裡就夢到水溝蓋長出狗頭膨脹成為龐大流涎的巨怪，你被逼得墜落懸崖。諸如此類的夢其實並不可怖，倒多了些溫故知新的趣味。另一種夢則稀少許多，一種神祕的，先行於生活的夢。我們幾乎都有這樣的經驗：來到某個所在，或者撞見某件事的經過，然後一簇煙火自胸口爆發：這個地方、這件事，自己或曾於某次夢裡相遇。然轉念一想，自己昔日從未造訪此地，完全一模一樣的事情更沒可能發生兩次，怎麼可能？面對這樣的不合理，心底遂漾開某種無以名狀的困惑，或許挾帶輕微的惶慄悚懼。比如小學的夜裡我做了夢，夢中擺置著一臺陶瓷小水車。那是水族箱的裝飾物，會因著水流轉動的那種。意義如此貧乏的夢境，我醒轉後再沒放在心上。直到幾天後，班上添購了一個小水族箱，老師鼓勵大家提供點東西，像水草、打氣機、燈光之類的。我遂央求父母帶我到水族館。逛了好久都沒合適的，直到我們迂迴進入館的最內。我睹見與夢境全然相同的小水車，包括尺寸、色澤，就連擺置的角度也未有絲毫差異。當我回神，父母已買下它，準備讓我明天帶著上學去。那臺陶瓷水車不久因我致命的疏忽而摔裂碎毀，但我渾然未覺，直到老師讚美表揚了我，然後於講臺上、全班同學面前打開紙袋，一堆陶瓷破片醜陋又光鮮地展示於眾人眼底。急速膨脹的羞辱感、小水車，以及夢，我久久難以忘懷。

又比如前幾日我騎腳踏車經過羅斯福路五段和六段的交界處。道路的右側出現一個入口的下坡，我抬眼望了望裡頭的建築風景。某種隱伏的暗示似乎自內飄散出來，逼得我必須煞住輪步，腳踏車滑落去探個究竟。下到底部之後我看見旁邊的人行道叢生大片雜草猶如荒地。臺北也住快兩年了，早習慣寬闊清潔的道路、矗立於大片反射刺眼光線玻璃門窗的辦公大樓，不然即是修剪整齊的公園綠地，從未見過這樣滿溢廢墟氣味的地域。我遂鎖車，跨越鏽蝕的鐵鍊，沿著人行道左顧右盼緩緩走進，鬼針草黏滿我的褲管。幾步之後我大受震懾。眼前乃是與我夢境絲毫未有差別的場景圖像。

這個場景困擾我許久。我不知道它是出現在我哪一次的夢裡，幼稚園或者小學，高中或者國中，離家前或者離家後。我甚至不知道它出現了幾次。一次，兩次，或者三次更多，彷彿某種未有姓字的隱疾，不定時發作一次。一次。場景擁有廣闊深藍的天。並非白日清清淡淡、飛機雲拉長滾動的淺藍。那是一種厚重類似油畫的色澤，整片天異常均勻並且毫不流動，靜得詭譎。地是平原，平原上是整面無邊無際、緊密排列的老建築。這種老建築我們在鄉鎮抑或山城可以輕易看見。一般來說只有三、四層樓，樓頂加蓋鐵皮。鐵皮還用於建築背部、外人看不到的地方，通常輕微鏽蝕了，顯現鐵離子的暗沉紅色。建築的正面一概不加掩飾，未經粉刷的水泥流下水漬的污痕，冷氣機的臀部赤條條裸露出來隨人覽觀。一棟建築往往擁有好幾個臀部，交錯大量招搖的曬衣竿、垢黃的內衣內褲、汗衫、胸罩，蔚為壯觀。貼滿俗氣小片磁磚的陽臺疊放種類不多的植栽，缺乏整體和諧與否的考量，孤挺花、馬拉巴栗、長壽花、鳳仙花、萬年青最常出現。陽臺上偶爾我會驚悚地望見一位阿婆，濃妝的臉生長皺紋，直勾勾盯著我瞧。

說來奇怪，夢裡的我俯瞰全景時，總是從半空中某個特定的角度看落，大概四、五十度左右的俯瞰，沒哪次例外的。夢境大體如此。

事實上，在我持續而未有間斷地拼湊、肢解、關聯、組合之後，發現這個特殊氣味的夢境，似乎隱隱約約指向我的家鄉。這種指涉很是幽微，大概像暗裡一縷金線綿綿密密安安靜靜地前進，偷偷分岔包圍整個平面。設若我較為精確地描述，夢境大抵濃縮了家鄉。

悼憶李渝

三年前的秋天，年少的我走進她的課堂。我只讀過她一篇〈朵雲〉，也不甚愛。認小聰明為大智慧，斗膽在文學世界橫衝亂撞的我，挑著眉眼瞧她給得出什麼教育。

當時我為財金系課業所錮，一次次面臨二一危機，是她垂落蛛絲救我。可我應付無情數字，分身乏術，有次終於缺課。助教富閔急電，曰老師命我到課，否則死當。絕望的我想對她大吼大叫。我馳赴，坐在位子上，想揍每一個人。終於課近畢，她溫柔曰：不是要罵你。今天，我們要開開心心。她拿出蛋糕，握我手一同切落：恭喜獲得大報文學獎！我心瀰漫了愧疚溫馨。眼前的美麗女子擄獲我。

她不動不說話，是一尊嚴峻文學宗師。有沒有可能，她講的第一句話，我就聽不懂呢。結果她一動一說話，之後半年日子裡的每動每說話，狠狠搖醒我們：哇靠，是個文學奇情豪邁女，藝術史美麗精靈。

也是奇情豪邁女，藝術史美麗精靈。她愛蕾哈娜。在歡迎聶華苓老師的研討會上，她危坐致辭，臂有紅橙黃綠藍紫美麗刺青。我們都驚飛。發現是刺青袖套。她與我們一同大鬧臺大文學獎茶會，推開燒賣、蛋糕、三明治，騰出一塊地，模仿名畫人物，拍下一張張parody之作。有一張只有她與我。拍的是米開蘭基羅的《創世紀》。

也是嚴峻文學宗師。她的教學大綱精工無懈，復刻的古董烤漆風格。帶我們遊歷普魯斯特、喬伊斯、福樓拜、吳爾芙、杜斯妥也夫斯基。她攜帶的文本有滿滿紅黑點讀——「看，郭松棻多喜歡這篇。這上面都是他的筆記。」一瞬間，教室充滿了無限溫存的愛，與無限追憶的冷。我們停止了呼吸。她，是一幅猛揉古今中外諸風格的奇作；那透視法的盡處交點，是師丈一個人。之於我，郭李一俠侶，是師丈老師，也是學長學姊。他／

她倆的互敬愛，聽得我們抽一口涼氣——純粹得像是巨大潔白的鹽峰。她豔陽的熱情照耀其上。師丈離世後，鹽峰映出了冰冷的光。

其他無數個她的小回憶，包括課堂上的蛋糕，陽光拂面的下午晤談，brunch的指導，笑成一彎新月的眉眼，皆已矣。一身同存千年東方藝術史與黑衣衫布魯克林的她已翩翩飛去，交腳菩薩為她公證，與情人天荒地變又重逢。

多少次忍悲含淚想說她們一定重逢，也許她已很快樂。她很快樂了呢。她很快樂了吧。我不敢再想，趴在桌上靜流淚，沾溼了《夏日踟躇》一角。

以為能在掩卷紙上發現她的簽名。竟沒有。想起了。當時我請她簽，卻找不到筆。她豪言曰：不必！我們在文字上相見！我挑眉以應：文字上再相見！

再也來不及。

十三歲讀《唐詩三百首》，三十歲讀《麥田捕手》

親愛的沙林傑：

你認識木心嗎？他也在紐約。

你應該不認識。他到紐約的時候，你已經離開了這個世界首都。你生來就在中心而嚮往邊緣，他來到中心而成為雙重邊緣，直到好久好久以後，才在邊緣又回到中心。

這位我想介紹給你認識的木心先生說，貝聿銘——他也是美國人，也在紐約。怎麼好像所有的美國人都在紐約？——一生的各個階段，都是對的；他一生的各個階段，都是錯的。我之所以跟你提到木心，是因為我初次讀完《麥田捕手》那天，剛好是我三十歲的生日；這個「讀完」，其實十七年前就應該發生了。木心的這句話，就忽然亮了起來。

我太老才讀你的書，很可惜，沒有讓你「導師」到——更進一步推想，我的國家臺灣的高中生，真的有辦法與你的主角共鳴共感嗎？我不曉得。我們的教育讓我們十三歲的時候讀《唐詩三百首》——整本都是老男人自以為看破世情後擺出來的感悟、教誨、閒適、超卓、逸趣的姿勢。想起來是很可怕的，是什麼樣的文化會去要求十三歲的孩子讀一整個老成得很異常的體制產生的各種情緒。再說得直白一點，是什麼樣的文化會讓一個十三歲陰毛初興的童孩去讀在體制裡打滾得成功又爛熟的老先生的風雅。

也許有一天，生命緩下來了，忽然就這麼落隊了，時間像陽光那樣大片大片灑下來，我們才會在三十歲的時候，翻開《麥田捕手》，補考我們的青春期。

老了才補考，老了才翹課，老了才學抽菸打架喝酒，老了才試著用力恨勇敢愛，老了才就著特別設計過的燈光讀《麥田捕手》。始知當年太用功、太諂媚、太軟弱、太委屈、太進一步退兩步、太人見人愛人人好、太送往迎來水袖揮舞、太怕抽那第一口朱色的菸。應該要讓觀看自己人生的視點飛鷹一般倏然上提，將各種可能性擺在它們合宜的位置，始知每一段人生有每一段人生最深的潛力，對應每種潛力有它正確的召喚方式。我們常說年輕人「不會想」，其實「不會想」才是正確召喚那段生命的潛力的方式。等到「會想」，已太遲了。

你看，沙林傑，讀完你的《麥田捕手》，我還是生氣了。我看著你的主角一路叛逆厭世自以為了不起地中二下去，我就愈看愈生氣。現在的我，氣他「不會想」。現在的我上面另有個我，這個我呢，他在氣自己全都錯過了。也許到最後，只能承認來不及，轉過頭去再品他一頁《唐詩三百首》。

心中的水晶球

川堂掛了兩排學長姊的玉照，沖洗裱框很老派。有人叫那忠烈祠。

那些在高中時代，米粒的宇宙之王，都是屌臉。屌臉下是年號：六十三屆，六十四屆，六十五屆。以及廟號：社會組全國榜首，自然組全國榜首，物奧全球金牌。我們走過來，走過去，瞪著那些人。哼，屌屁。我們許多人入學即壯志凌雲，想自己的玉照亦必躋身其中；三年過去，帶著遺憾、挫折、傷心離開，留不住任何影跡。高三時，我發現高一的學弟已經登基。總有人像鏡子，映出自己老不死的容顏。

最是學姊江凌青。不久前，我還以為她只大我一屆。我們的繡線是藍、橘、紅三年一輪，見面了不報屆數，先猜顏色，私房遊戲。臉書上，她笑說：我是紅色。她是紅色，只是我猜晚了三年。大概是因為，入學時無限崇拜厲害的人、放課後補習前常瞻禮忠烈祠的我，已在記憶中牢牢攜著她。

只有她是女生。她的名字最特別。她的廟號我記得，全國美展第一名。她有兩三個廟號，像女神的累代封銜。她的氣質最異殊。藝術者自然氣質異殊。日後，我的價值漸變，忠烈祠的王群漸漸褪色——以為「吾臺人初無中學，有則自本校始」的世界一學府，原來只是亞洲邊緣小小島國殖民時代的副產品。以為「超強」、「無敵」、「神人」的各種競賽考試，原來只是教育界寂寞的遊戲。

只有江淩青毫不變色，甚至日久年深，愈發豔異。

寫作後，漸漸曉得同輩是誰，在幹嘛。昔往，對學姊模糊的崇拜，在曉得更多後，固化了，結成心中的水晶球。也像熱呼呼的公路旅行，前方永恆的海市蜃樓；抵達了，只是一片焦枯，她又在更遠的地方。

學姊離開了，我不能接受。這些年的寫作像最後一次試探，往虛幻的海雲前進。我幻想，有一天，可以捧著我的作品跟學姊說：學姊學姊，我也是一中畢業的喔，那時候就覺得學姊好厲害耶。

她不等我與我們了，飄開了，身影漸杳。這沒道理。沒人講得出是何道理。我曾以天妒英才說服自己。但為什麼天要妒呢。她這樣一面鏡子，照見眾人愚騃，眾人以之努力逼近（就像我逼近海市一樣）更好的人，不是更好嗎。如果天妒英才，難道要我們爛爛亂亂廢廢活，活成臭泥巴嗎。為什麼呢，我不能接受。

我真的出書了，她轉貼到她的塗鴉牆。她朋友問這誰，她笑答：佑軒，我想他的作品是有品質保證的。我賈勇加了她的臉書，丟了她訊息。終於，十年後，我與她分享了高中時的愛恨，傷我至深的男孩。她笑說她一中的時候好蒼白噢，都回想不起什麼。學姊，我想，今天是妳錯了。蒼白跟透明並不一樣。

學姊，我好遺憾，沒有跟妳面對面說過話。與妳，我只能以最沒創意、最無意義、最嫌攀附的方式——高中學姊學弟，彼此連結。

但這樣的連結，在我蒼白的少年時代，有深重的意義。身為一中衰微已久美好品質的最化身，妳跑給我，以及一代代有相同氣質的一中學弟學妹追。

現在，我追不到了。所有人都追不到了。不過我想，我還是可以努力變成像妳一樣晶瑩的人。只要繼續拂拭心中的水晶球。只要拒斥這裡一些庸常、那裡一些墮落。

輯四 ● 在巴黎，我亞洲的身體

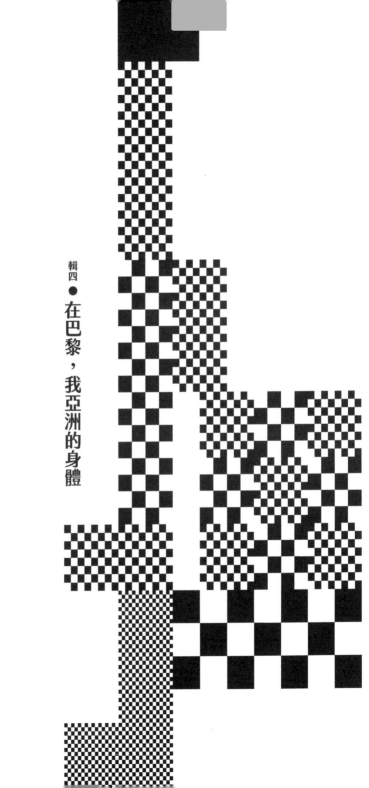

只盼比席德進幸福

飛機落地的瞬間，我想到了席德進。

在一間硬朗地夾在兩牆狹縫中的咖啡廳，我閱《席德進書簡》而驚：加諸於男同志身上的詛咒，或祝福，又一次應驗了。彷彿不這樣，就無法為天地爭輝似地：腦中有金玉的智者，與胯下金玉響叮噹的美少年。蘇格拉底與他的將軍鮮肉男友，奧森巴哈與達秋，蔡明亮與李康生。就連——我望著俊美的他——為我們導讀這些文本的朱偉誠老師，與當時還是死大學生的我們之間的關係，都是這樣。

一字一句，有智慧的男同志對鮮肉花瓶異性戀，又愛，又憐，又妒，又恨，又願其成功，又願其不成功。柏拉圖的筆下，蘇格拉底大言不慚什麼「智慧是金，容貌是鐵，以金勝鐵，我自然萬人空巷，永不會空穴來風」之際，難道心裡沒有過一絲天不假年的哀傷？奧森巴哈更將自己擇一擇，乾乾脆脆，自卑到了腳踏墊的位置，行乞著年輕的眼光，而終於被自己的衰老給一耙打落。至於蔡明亮與李康生，是我認識席德進與莊佳村之前認為的，將異男忘無限提升至藝術，甚至宗教的最威猛的榜樣。就像一張白紙載著一株草莓，飛到了大氣層的表面，在那裡一切無聲。草莓孤寂地漂浮在宇宙之中，每一片明亮的葉子都映照著作品，有蔡明亮叫李康生演的電影，有席德進為莊佳村畫的〈紅衣男孩〉。

席德進將私人書信寫得像公開信——又是關懷，又是責備，又是提攜，又是鼓勵，一言以蔽之曰：求不得。求不得莊佳村的肉體，以及莊佳村的靈魂，一意圍著他轉，呵護著一炬點不著的火苗；及至受了傷，由愛生恨，苦恨如他晚年的膽汁那樣噴了出來，要他自己喝回去。莊佳村的代序提到席向他求歡不成，他終於了解席的動機；提什麼攤牌後席整天施脂抹粉出去釣人，還撂話「吊膀子去，弄點香味才騷。」又提什麼他總算了解席深愛著男人，就像他深愛著女人。他是說得多了——誠懇的異男永遠不會懂GAY的。他的話證成了他的誠懇以及他的愚蠢。他不懂，席懂，我懂。懂那種甚至沒有立場的愛，愛到了盡頭被傷害，就化成大鷹要傷害人，而終於被生命擊落。我懂。

「我想買這本書。」

「欸，我幫你查了，絕版了啦。」我朋友講。

「你找一下二手的。」

「找了啦。一千八百塊一本。只有你們這種人會買啦。」我朋友從我的臉上，收回了他的手機螢幕。

之後我們沒有再見面。

回過神來，我已身在巴黎。

路。

我會在這邊讀一年的書。不再年輕的我，竟然與席德進踏上了一樣的路。

半年過去了，漸漸習慣了巴黎，搭公車閒晃塞納河，或去十三區吃河粉。席德進去過哪裡？奧斯曼大都更後的巴黎，迄今沒大變化。會不會聖心堂一角的顏料痕跡是席德進留下的呢？

說習慣，也只不過習慣了大型遊客的生活——我了解席德進的吧，他曾想在此拚出一片天空。但是談何容易。惟聞一堆臺灣人爭先恐後躋身文化掮客羅羅「法式浪漫風情」，第一世界的老牌殖民帝國又何必理會什麼島國氓民——他們的理會帶著帝國主義時代那種掛個鹿頭在客廳的獵奇感：超市裡，窗簾與玻璃杯旁放的是面容沉靜的佛頭。

從事美術的席德進打拚了幾年，放棄成為他所謂的「國際級的藝術家」，回到了臺灣。有說乃因莊退伍了，他要回來團圓；有說他知曉了再怎麼努力，也不可能在法國獲得像在臺灣一樣的榮耀。總之，他回來後，與莊鬧翻，閉氣潛入了傳統文化，開創出了萬古彌新的藝術事業。

我呢？跟藝術相比，更難用文學在巴黎發光。法文緩慢進步，但精妙而足以創作是不可能的；中文踉蹌退步，造個句都像鳳眼糕一樣觸手零落。

漸漸體會了席德進之心，那種想要成為世界第一而不可得，乃返鄉蹲馬步，舞踊愈顯深沉——發現了自己再也不可能，才能專注如斯。

席德進也沒法接受自己的老去。說他認不出鏡子裡的人是誰。可是他年輕的自畫像比紅衣少年更懾人。

也就是莊佳村的宿命。席德進的光輝中，莊佳村惟餘肉體，肉體外一片慘白。這是一切被同志愛上的異性戀的宿命——尤其這同志還是個創作者的時候，大恐怖。被愛上的人兒，將在真實世界漸漸萎縮消亡，剩下作品裡的他。李康生是蔡明亮的李康生，蔡明亮以外的李康生我們漠不關心。莊佳村是席德進的莊佳村，席德進以外的莊佳村我們偶爾從報紙上讀到他的消息：也是畫家云云。就只是這樣了。

「欸欸這給你。」我們坐在RER的B線上，正從機場往市區。他掏出了一個紙包，我撕了開來，是《席德進書簡》。

我深深吸了氣——「你還記得？多少錢？我待會換算一下歐元給你。」

「不用啦，這送你。」他咧嘴笑了起來——那笑容跟咖啡廳裡，他說出「你們這種人」的時候一樣，跟更久更久以前，高中的我苦戀他的時候一樣。

高中的苦恨日子，抱著被被哭泣，擦擦眼淚面對大家的閒言閒語。畢業後我跟他說開：「我愛你。那時候。」又聊了好久好久。再見面就是大學畢業後的那次咖啡廳，然後這一次的巴黎。

到了聖心堂，見慣了歐洲爭妍的大教堂群，我心靜定，就連蒙馬特也已不再新鮮。他拍著照。細雪中傳來了煎餅的甜香。栗子醬。

「欸，我問你。」我們眺望著巴黎市景。「你覺得我會不會死在巴黎？」

「靠妖啊，你亂講什麼啦。」

「只是蒙馬特。我想到席德進和邱妙津。一個在這邊畫畫，一個從這邊離開。我總有一種預感……」

他揉揉我的脖子根——「你們這種人就是想太多啦。」

就像現在這樣，我按照慣例，也將他寫進了小說中。

我無機運也無才華，只盼比席德進幸福。

只有平等，博愛，自由

巴黎很多好書店。想找所有與美食相關的，包括大廚傳記、名人訪談、美食歷史、餐桌禮儀、餐桌妝點、品酒品咖啡、以及萬國食譜等，請至第二區的Librairie Gourmande。想看巴黎現存最古書店的，請至位於巴黎最老街道Rue Saint-Honoré上的Librairie Delamain。喜歡二手書與偵探、科幻、哥德文學等文類的，不妨移駕至第五區的Librairie L'Amour du Noir。又或是，若是神祕主義的信徒，或是哪個祕密會社的分支傳人想追溯自己的身世，則曷興乎訪一訪同樣位於第五區的神祕學聖殿（注意：不是心靈雞湯、下班冥想那種，是貨真價實的煉金術！），Librairie Leymarie。巴黎的書之物流不像臺灣為超大書店壟斷，許多書大書店無則無。當然也有像Fnac這種３C兼書店的大賣場（不覺得像那已消飛於歷史中的光華商場嗎？情慾ＤＶＤ的旁邊就是《蔣總統佳言錄》），但書品類少而集中，非常大眾導向。要找各類專門書，就必須一、二、三、解散，小巷中眾裡尋它。

好了。講解巴黎書店的任務終了。那麼各位讀者，想去哪裡就自己去，不妨在上面的書店選了喜歡的就給他走進去逛逛瞧瞧。我則要去瑪黑。

微有冷雨，今天是婚姻平權被臺灣人放棄的第七天[1]，上帝不見了，祂去嘆息，祂創造的宇宙在雨中發抖。我來到瑪黑區的小巷子，與不知東方有劇變的列國遊客擦肩而過，宇宙所有的快樂都在他們身上。

我站在書店：Les Mots à la bouche前。土耳其綠的牆，沒有彩虹旗，櫥窗有些豔男猛女大眼妝，一張海報說：零恐懼，ZÉROPHOBIE。

這是巴黎地標級的同志書店。

我推門進去，紙的氣息，而不是汁的氣息撲面而來。成排的小說嵌著

1　本文撰於二〇一八年十二月一日，反同三公投通過後第七天。

文學獎的書腰靜靜躺在那邊，照眼不見他國同志書店的妖氛。

Les Mots à la bouche，中文譯成：嘴裡有字。首先，這是個文字遊戲。法文的l'eau à la bouche是口水的意思；donner l'eau à la bouche則代表：讓人垂涎三尺。食慾跟性慾古來一家，對不對。更何況能夠à la bouche，放到嘴裡的，不只是水，更不只是字。

愈想愈硬。我是說，思路。我軟了下來，開始探險。

跟臺灣、美國、日本——我見聞淺陋，有錯請調教我——的同志書店很不同的是，巴黎此間同志書店既不見數量與面積多到令人審美疲勞的彩虹旗及其衍生裝飾，亦不見周邊商品，好比黑皮鞭、假陽具、潤滑液、低溫蠟燭、催情香精、艾菲爾鐵塔造型的保險套。只是一望無際的書，書，書，書，書。彷彿在這千年的花都，當個同志，首先還是要來個內涵大爆發似的。——這當然是妄念。我的巴黎朋友一邊塞口球、一邊幫人擴肛、一邊葩葩葩打響人的屁股，一邊回答我：Faut pas généraliser，「不要以偏蓋全」。是的，身為一個巴黎好Gay，露天雅座的咖啡要喝，小雛菊要買回家插，可麗餅要吃，艾菲爾鐵塔要不屑地行經，至於那屁股，恐怕也還是要打的。

而且都是硬的書。硬者三友：一、讓人看了就硬的書。二、內容紮實、知識硬梆梆的書。三、硬殼精裝、價格高昂，美輪美奐的大書。

此地與臺灣的書店陳設不同。是不是？那些大書店，通常門口都是一些輕巧可喜的文具、小物，什麼擦擦筆蛋○哥卡娜○拉之類的；更有財力的，直接在一樓弄一層精品專櫃。嘴裡有字書店，你一進門，他們就把字塞到嘴中——先給你來個兩大櫃的文學獎得獎書區：今年的費米娜獎、今年的龔古爾獎、去年的費米娜獎、去年的龔古爾獎，凡此種種。

當然，既是好一個同志書店，一個同志好書店，一個好同志書店，在最顯眼處——比費米娜和龔古爾還顯眼呢——擺的是同志小說獎專櫃。此獎很有趣，乃是徵集法語文學圈年度所有跟同志沾得上邊的小說，無論主角、配角、討喜、討厭、討幹、出櫃、破櫃、未出櫃、還在探索……通通給他納進來。從此可以窺知一個成熟、自由、大規模的文學生態系的運作。臺灣有亞洲最璀璨的同志文學，何時來一發這樣的同志小說獎呢？

其餘各種知識性的書，包括女性主義概論、扮裝皇后理論、社會運動手冊、法國女同志研究等等的書，大概跟臺北的女書店守備範圍差不多，只是換了語種，故此按下不表。——值得注意的是，雖是同志書店，身為一個法語閱讀者，該有的人文配備倒是一點都少不了，有阿拉伯藝術簡介、法語文學經典（梵樂希、柯蕾特、紀德等等的都在）、翻譯文學經典等等。

行過巴黎老房子最尋常的，窄仄下旋的鐵梯，原來情慾出版空間在地窖。此窖陳列著異色攝影集，女體、男體、跨體各自爭輝，最深處則是幾大櫃DVD。當然有各國爭相製作的消防員裸身攝影集。更吸引我目光的則是一本名叫《男人與小貓》的攝影年曆，小標是「每個男人都有一隻小貓。一本又性感又可愛的小筆記」。

回到光亮的地面，走入文學書區，跟陶比哈女士（Christiane Taubira）對上了眼。原來是她寫的政論《悄聲寄語青年人》（*Murmures à la jeunesse*）。望著她堅毅而溫柔的微笑，想到二〇一三年，法國婚姻平權法案國會審查時，身為第一位非裔女性司法部長的她，優雅堅強，雄辯滔滔，以無懈可擊的邏輯與論述將婚姻制度的流變說分明，以此證成了同志婚姻、乃至一切的婚姻平權，是唯一符合自由、平等、博愛的普世價值的人類文明選擇。演講終了，幾乎所有國會議員都站起來為這論述、這女士鼓掌，有人在暗角拭淚。

清淚就這樣，一滴又一滴滑了下來。不小心滴到下面的茨威格。

店員男孩飄過來：我能幫您什麼？他棕髮黑耳環，高眺得像個精靈。

他看到了我背包上的，彩虹臺灣徽章。

不，你什麼都不能幫我。我想。

生命很不容易。我說。

本來就不容易。他說，我聽說了你的國家。一切都會變好的。也許慢慢的，但會變好的。他用手帕擦去我頰上那一點點水。

又看得清楚的此刻，我注意到旁邊一大落明信片，各種奇肌亂綻，目不暇給的男人性感。架子的旁邊另有明信片牆，陰影中有一張普魯斯特的畫像，普魯斯特怯生生偷看著這些裸體男人。

我便破涕為笑，抽了普魯斯特及他旁邊的假屌女孩。

「我要這個，麻煩你。」

「好的。」他眨眨眼。

出了書店，雨後空氣新涼，明天是第八天。七天後的第一天，若有上帝，請為我們新造一個宇宙，在那裡沒有仇恨，沒有謊言，只有平等，博愛，自由。

奇蹟美照

大雪于二月五日晚。二月六日起，人人將窗推進一個暫時的永恆的白色世界之中。窗下的仄徑、仄徑裏暖的花園、花園對面的北非學生宿舍都變了模樣，一概閃著清晶熠熠的刀光。望著凍成骨爪的樹梢，心忽然為了它，小小地喜悅起來。

冰而乾的空氣剜著毛孔，像是要將不夠美的東西剜出來。穿上了最美麗的衣裝，將相機的帶子纏捲手腕，然後就走下來，勇敢地衝進這垂危的宇宙時間中。

從來不曉得世界也可以是這個模樣，我，徐徐穿行於樹林之間。幾個早起的攝影師擎著大砲往高處瞄準。一群晚冬猶在的鳥飛離了樹梢。這是初雪後的第一個早晨，還沒有可恨的孩子的腳將釜厚的積雪踩實；樹幹與樹幹之間的雪清白到適合拿小刀割開一根手指，滴血上去，然後幻想一門白魔法。從來不曉得世界也可以是這個模樣，一個很好很好，沒有病苦人間痛的模樣。

我走在這樣一個凶殘萬端卻又清清白白的世界裡，眼前墜下了一絲雪瓣。我於是有個通感：這個早上，我將有一張奇蹟美照。

所謂的奇蹟美照。拍得好的相片還說不上是奇蹟美照吧。奇蹟美照，是相片中，每個細節都像嬰兒展臂般伸出兩條小卡榫，無聲地嗷嗷，等待我們的安放。俗稱的好相片，是將幾大部幾小件都擺放好相對位置，差可擬啦，差可擬囉，但是非常非常可惜，就差最後那一擊，那個所有枝葉芽花各復歸其根的瞬間，卡榫清脆的聲音。或是我們換一個比喻吧。大家是不是都有經驗？抵達了景點，一個好喜歡好喜歡的地方，畫質粗糙的明信片終於解除了禁錮它的魔功。倩人拍了五六張，或七八張，回家上電腦一看，就只有那麼一張亮穎其中，一顆炭堆中的碧光鑽石。

這正是為什麼奇蹟美照不與人同：它與猛襯它的那些好相片，不是差異大，而是差異小。差異愈小，愈感受得到這種鼓突似心跳的遺憾：碧光之鑽與美照奇蹟，都是微小的差別化成的美麗之鬼。嫣然成鑽的碳分子跟他遺憾未有才華的兄弟姐妹也許遠古的時候來自同一根杈椏，大樹將傾時攔腰折斷，一段往東邊走，一段往西邊走，卻在後來的機緣中一枯一榮，一泥賤一永恆。於是一日，有一社會新聞：怨恨世間的不成器的哥哥偷走了功成名就而不枉世間走一遭的弟弟終將送出的婚戒，將它擲進炭爐中。人類的家庭是破滅了，火中的卻是碳分子久別重逢的溫馨。它們親吻著彼此，在煙與塵與火中拍著彼此喘咳的背，回到了一千個世紀前相伴相知的時光。也許，在我們的資料夾中，奇蹟美照與它身旁叢生的好相片們，它們的像素也有這樣的心情。

——你好嗎？

——我很好。

——我們都一樣。

——不一樣。

——不，一樣。至少幾乎一樣。

——正說明了我們澈底不同。

我在雪中想像我有一個絕美的哥哥，我與他成份互類，精液的質地相同，差異極其微小，就像鑽石與炭，這差異的微小成就了巨大。我在雪中試著體會好相片與木炭的心。我站在林間地的圓心，枯枝為雪所裹，我為枯枝所裹，因此沒有一點聲音。

或說奇蹟美照也像裹著枯枝的雪，從而此樹不必榮，也能迎來外貌的春天。我們都永遠記得生命中每一張我們的奇蹟美照降生的時刻。沒有數位相機的年代，我們翻開新膠刺鼻的相片；數位相機來了，我們按下檢視鍵。接著就是天地包夾的大迷醉。有人用手觸摸自己的五官，不相信牠們能有這樣的，不被辜負的時刻。巴特叫它刺點，班雅明叫它靈光，我們可以叫它：惚恍金時。

但我們將鏡頭轉向時空的另一處，見到了一朵麗豔到能削去半個天地的花，他之怏怏，他之慵慵，他之惘惘，他之我慢，他之嗔怨，他之嬌橫，他之雷雨勃興，他之蓬頭亂髮，他之垢膩不淨，卻怎麼拍怎麼好看。而且鏡頭下，他的最不好看，也遠遠超過眼前這象形著奇蹟美照的枯枝，遠遠超過我們的恍惚金時。

這就是為什麼，雪中的我，準備將討論拉升到另一層次：奇蹟美照與他人相片的關係。之前我們注目的，是奇蹟美照與同一胎相片的關係——差異微小，因而差異巨大。如今我們將寓目於奇蹟美照與他人相片的關係。

啊，我正要舒張辯證關係，前方就走來了我的論題：穿過刀光骨影的雪枝，走來了一色相美好，遠高於我的人，輕輕走過我的身邊，走進了我為細剖奇蹟美照而預先畫好的人類色相表之至上層。

我們生命之中，難免遇見那些長得比我們好看的人，他們住在至上層。我們看我們自己，則盡量都是中人之姿，時而微微美麗，時而淡淡醜陋，這是中間層。至於在我們之下的那些，蝸居最底層。心中的色相表，一切都以「我」為中央伍，為度量的原點。世間那些美到能盈利的人，自然他們的上兩層會單薄些，最底層比較擁擠。而在給定的脈絡下──好比說，南北朝美不勝收的男子，放到二十一世紀以西方美學為準的社會中，甚至不是男人──外貌資本不彰的人，自然他們的下兩層人也很少。當這位小帥哥擦過我新雪的大衣，他的美麗就屠殺了我的美麗，從此雪落無聲的天地，無怨無悔地成為他專屬的背景，我反主為客，成為畫面上一個美的低窪處。這是至上層的美之明火獨有的，最寂寞的權力。曾經在景點目擊這樣的至上層的人，應注意而未注意旅行團蓄勢待發的快門，斜斜拂過擺好了ＹＡ！姿勢準備留影的一群底層者前，後者們快門不及收煞、就這樣按了下去。我將眼睛擺進指間的叉椏中，不忍去看一場大屠殺。

這跟奇蹟美照的關係是什麼？是這樣的：色相高於我的人是我的奇蹟美照的終結者，卻是我的好相片的揄揚者。好相片，因為不是奇蹟，只是各元素以美的最低限度去就位，色相高者倒能靜氣、客觀欣賞它。但，當我們對色相高者強調：「這一張是我的奇蹟美照」，是張美照的末日就到了。因為高處看見的中層與下層的世界是平面的：通常色相高者沒有能力評斷低於他的人的美醜。就好像身在山中，我們徘徊跋涉苦；身在飛機中，山只是一堆沒有意義的等高線甜甜圈。對色相高於我的人展示我的奇蹟美照，永遠是以矛矢攻飛機的悲劇——他飲茶於飛機中，笑看地面的無限熱情者對空發射鐵餅與標槍，這一個笑，對他來說是鬧劇的外爍，對我來說是悲劇的內凜。奇蹟美照賴以拔萃的基礎消失了，它墮回了同胎的好相片中；接著，好相片開始霸凌它——長久以來，它們承受著它天之驕子的背叛，而終於在這一奇蹟與美被除魅的瞬間完成它們的復仇。此刻，色相美好的小帥哥在我背後不遠的地方寂靜地自己玩，一腳一腳踩著雪。他惟精惟一，低頭瞰著雪堆，垂下了一綹頭髮，在雪上對齊著自己的腳印。雪上明亮地出落了一整列的腳印，像是醜陋者小小的棺材。下面有不思議數的動物，恆河沙數的植物，都在一瞬間方生方死、方死方生，他有種恬靜的開心，而我在雪中。

我想像著，而如果我們認識彼此，我將拿著我即將收穫的奇蹟美照奉獻給他，他將同時完成兩個動作，分別代表「禮儀」與「精神」兩個宇宙。兩個宇宙在此花都南界的寂林之中交會，顯形了我眼球中流瀲掩映的他。他將對我說：「嗯，我也覺得很美。」同時將它委棄一地：它將瞬間埋入他將逐一夯實的深雪中。而我，也將同時進行兩個動作。我將行禮如儀謝謝他，一如情態優容的侍者向他施作九十度鞠躬大禮，同時我將跪下，割開自己的手指，血滴上我相片的雪棺材；幾年後，血將與照片會合，啟動了的白魔法確保我下輩子將成為他。

不用再忍受這一切。我站在雪場中，想起的卻是視角的錯置：我也曾站在他的位置，埋葬他人的奇蹟美照；漫不經心，何來憐憫，像他稍稍抬腳，將暖雪壓成堅冰。曾經愛我的人後來恨我恨得很張揚，因為我並未同聲讚嘆他的美照奇蹟。「我比你美，所以你的相片對我來說都一樣。」我並沒有這樣說，我微微挑眉：「我覺得都一樣，都不錯，沒有哪張比較好。」這樣當然仍不厚道，但天若厚道，為何踢著雪的小帥哥在我眼前十公尺，我卻永遠到不了。太美的人會把水平距離豎起來，變成壁立的刃。他踩在美的刃上，秋高氣爽，春和景明，我跋涉過一原野的雪濘，以手為爪攀刃，流了簇簇的新血。

爬自己的山峰可能比較好。也就是說，峰上那倩影若是自己的，倒證明了自己也曾上去過，自己也有至上層的美的潛能。於是，望著小帥哥，我在雪中慢慢撤退，將論辨從共時性——同一時空中，自己的奇蹟美照與他人的比較，轉向了歷時性——相異的時空中，自己的奇蹟美照與自己的比較。

你們有沒有這樣的經驗：一個時空之中，隨手亂拍的不滿意的相片，到了另一個時空之中，重新拾掇眼前，已成為奇蹟美照；一時空中無限珍愛的、怒放異香的奇蹟美照，偶然在另一時空歡喜大重逢，卻發現熱情已經熄滅，像素已經冰涼，眼中再沒有動感的波浪舞，昔日對這張奇蹟美照的愛像黏在地鐵上唯一一張空椅的口香糖渣那樣黏在相片表面，還帶著些當年眼睛的殘渣，令人尷尬得坐也不是，站也不是。如果我們遇見的狀況偏多是後面這種，也就是奇蹟美照之死滅，那麼恭喜我們，在被隨機分配的人生路況中，仍然享有一段長長的上坡。但這是要逆天而求的，要哭，要苦，要牙根汩血，要在黑暗中腿軟了、跪下來，仍不減初心，爬完全程去求的。並不傷陰騭，亦不竊天機，只是上蒼不會太喜歡拂逆祂以減少基因端粒磨損的人。大概像兒時胖、渾身熵、痛定思痛於青春晚期減肥的人，或像是被苦戀至深的對象當面將禮物扯碎而對鏡發誓不好看誓不為人的人，或像是將繁多的人生意義收束融熔進「青春不老」大匾高懸的人，或像——最極端的案例——大意外中失去了自己的臉而蒙捐贈，美之含量因而大雪般激增的人。後一例也許遼夐的時空中找不到幾個，前三例卻並不少，尤其在皮相透過科技能在全球一億個地方再現的今日新世界，逆流而上是有好無壞的。此刻，小帥哥在大草原上堆著一個膝蓋骨高的雪人，他自己的膝蓋深深嵌進了刀光白骨色的雪中，暖心地一層又一層在頰上添加著雪，用枯枝為他編成了圍巾，再撿來了草葉，成為他充滿渴望的五官，再細細修整著一切繁縟的細節。一名顏華絕美的小帥哥，與一個胖胖醜醜的小雪人，我在風中以眼神摩挲著這樣的對比，試著從中提煉警世的意義。我將自己代入小雪人，以小雪人虛構的視角看出去，那麼，他會看見小帥哥的雙頰、下顎、鎖骨，一切他此生——而巴黎的雪將於一日後消融——得不到的細節，都在他的創造者身上實現了。他會不會有恨？恨將以什麼樣的形式呈現？然而，這已經是他最好的時光了，這是他所有的細節最清楚的時候，他不可能像前面說過的那些人一樣再努力，再努力，讓自己舊日的奇蹟美照成為尷尬的眼睛與口香糖渣。他是皮相的世界中，最輝殊的光景：他唯一的奇蹟美照，就命定在他被賦形的那個瞬間；而在他最幸福的光陰中，他對望著的，就是那對他來說，近乎永生的，他的創造者。

小帥哥掏出了手機，為他新生的粗陋的創造物拍了幾張相片。我在雪原的另一端想像著他舉起相機，溫柔地微笑著，與小雪人一起自拍。於是，在同一張相片上，兩張奇蹟美照以豐富的層次重合。

往後尚稱久長的人生中，我們都只會像小雪人那樣一路滑落，鼻歪嘴斜，唇頹殤失。這是比較正常的狀況：不逆流，就是一路順著大水去。若世上的意志力有總量管制，大部分都分配給了在皮相上戮力逆天，因而奇蹟美照永遠在未來、永遠愈來愈少的人。對比渠等，我們普通人擁有的，是另一種幸福吧：我們的奇蹟美照終將愈來愈多。伴隨著我們自身的衰敗，一落又一落以往覺得庸常、無甚可觀的相片，像破雪而出的新芽，紛紛進步成了好相片；當時間再往前走，我們鏡中的容顏終於說服不了自己：「這竟是同一人！」時，這些好相片又終將紛紛綻放成奇蹟美照。當我們一路下落，絞進時間之雪與歷史的刀光，我們的相片卻一路攀升，盛放在褪色的，又大又永遠的春天中。多麼可怕。

而身在最高峰的小帥哥也逃不過的。他當然可以任性妄為地將所有人的奇蹟美照都打回原形，這是上天的福祐。不過有一天，他也會跟我們一樣下落；他身在我們之中，像一朵結晶得最為康健的雪花。

他朝我走了過來。那一刻，雪已稍歇，凌空飄落的小雪碎像萬分之一的曇花。「日安，需要幫忙嗎？」他友善地笑著。

「我幫你拍張相片？你從來看雪開始，都是自己一個人。」

他接過相機，將揹帶輕輕掛在脖子上，稍稍調校了一下焦距，又後退了幾步，按了三下快門，又猶疑，前進了一步，再按了三下快門。「好了。」

他淡淡一笑，將相機漫不經心還給我，我也微微一笑，將道謝心不在焉交給他，便是雙雙轉頭背對，此生不復相見。

「不好意思，」走了幾步，我轉頭叫他。「可以跟你一起拍張照嗎？」赴法以來所有的勇氣結晶在這句話中。

「我嗎？」他有點受寵若驚。「我很久、很久沒有拍照了。我沒有很喜歡自己的臉。不過如果你想。」

他綻放花一般雪一般的微笑，移步到小雪人的身邊。我們三人，喀擦一聲。

等他消失在草原轉入深林的上坡路的盡頭，我扭開相機，發現了近兩年最美的獨照。我不敢開我們的合照，因為我臣服他，他的美會摧毀我。

三月二十日，竟又下起了雪，這個巴黎。但因為我敵不過時間，終於沒有再出去拍照。其實，沒有我也沒關係，反正大草原上還會有新的雪人，新的小帥哥。

到了一定年歲，適合出發去期待新的奇蹟，美照就漸漸比較少。

冰涼藝術在滾燙季節

人說到義大利要吃冰淇淋。十年前去翡冷翠，心縈繞的是華麗大膽的建築物、矜貴雅重的繪畫雕像，每日八點揮汗即起，煮個麵就出門拚景點，餓了就路邊抓個三明治，人家安安靜靜一個小城也給它跑出了風塵。這一次回翡冷翠，建築佇立著也看遍了，繪畫雕像還在十年前的記憶中清晰地搖晃，就不勞煩了。剩幾個制高點要登臨，一張透明的、罩在城市上空的食慾地圖要掀開。

像逆反的美食的馬可波羅，我嘗了一口冰淇淋：翡冷翠掀翻了再轉正。我又嘗了幾口：翡冷翠的石頭開花、玻璃盪漾出飛鳥。聖母百花大教堂適合以清新的冰淇淋獻祭。

然後趕行程，又到了那不勒斯。三十九度的高溫中，立方體的民宅花窗懸掛內褲床單萬國旗，穿著花短褲的黑髮濃毛阿弟飆機車、按喇叭，掀起一陣大嗓音的塵埃。發願從車站走到機場，我半路遭到鄉愁的狙擊手鎖定，為了自我掩護，躲進了事先找好、評價無瑕的冰淇淋店。眼睛大大的，很驚訝：折痕累累的雜誌，寂寞閃爍的電動機臺，玻璃桌墊下壓著舊海報，櫃檯後穿著T恤的鬍子哥——這裡是臺灣。

最後三個小時，我與時間賭氣，點了最大份的冰淇淋。鬍子哥腆著肚子微笑轉身，掐起一個保麗龍盒凌空揮舞，問我喜不喜歡它的大小。我遞出十歐紙鈔，選了十種口味，鬍子哥將十種富含營養的土壤堆成山，我接過這樣一個冰便當，坐在電動旁邊開始吃。

半個小時過去了，一個小時過去了，我必須上路，否則有可能趕不上飛機。我留下最後一口冰淇淋與肚子頂著冰櫃的鬍子哥，帶著我整套結冰的消化系統出了店門，直走、轉彎再直走，漸漸發現了網路地圖沒有說的祕密：機場在山頂上，我正置身三公里的上坡路的起點。

我拖著二十公斤的行李在小丘陵上旋轉，巨大的飛機在頭頂轟然來往，眼前不斷是破敗的透天、門口納涼的阿嬤。一千年後，她們還會坐在那裡，一抹世事穿眼過的黠笑。其中一位想起了年輕時曾戴過的橙紅扶桑花，以及穿著用石頭敲出的白襯衫，為她簪花入髮的亞洲情人。戰爭結束後，有天早上他不再回來，她打開衣櫃，所有的白襯衫都悄悄離開。好像有一個法國女作家寫過類似主題，但法國人哪有她們義大利人懂愛、懂吃、懂愛吃。她們義大利人眼觀鼻、鼻觀心，不必像高盧人用筆在紙面吵鬧，到處說嘴自己的文明。

義大利女人，嘴巴喊、手比畫，眼睛靜觀。此刻，她沉默無聲望著眼前鏗鏘拖著行李、為冰涼藝術在滾燙季節俘虜又釋放的亞洲青年——他正通過一座蔓生青草的拱門。

她想跟他說，一個小時之後，你會趕不上飛機。這是你人生中一個小小的、做錯了的大決定。那麼，你進來喝杯咖啡。我們的義大利咖啡很不錯。

但她不會講他的語言，她甚至連他的語言是什麼都不知道。

她忽然淘氣地對他咿呀出一種想像的亞洲語言。在這個語言中，她幻想自己正在跟他說：「孩子，你做得很好了，生命不要遺憾。阿嬤我啊，幫你留了一球冰淇淋。」

島國同性婚姻合法前夕的歐陸留學生美食殘影

不思索，不矯飾，不事先排列，不事後多筆，就這樣寫下去。離開前的味道在離開後明亮在眼前，提煉在鼻尖，似一鷺舞九天。

一間國中陰森巍峩的校門前華麗明快的鹹酥雞車。每一個每一個解嚴末梢、教改擊發再擊發的清晨，訓導主任接著訓育組長接著生教組長連番上臺大喇叭為意欲越界的學生設下一道又一道禁制令。「已經為你們準備了營養午餐，」喇叭聲震八荒六合，「拜託一下各位，各位還在發育，營養的東西你不吃你去吃那個致癌物。」一聲音穿透輪廓形似墓碑的川堂，輕輕為一字擺開的炸物後方那個微笑的人撥動了髮絲。全校神祕與蒙昧的中心落在他帽子的陰影中。恩與仇與恨與怨與求不得，或許只是來單純地分享快樂：他的炸甜不辣一份十元最好吃。龐大的喇叭聲持續著，整所學校的行政單位對付他一人。他低下頭整理食材，抬起頭望向了亮晃晃的操場，操場上學生的三千個側面。「不顧一切的真粹只有兒童知曉。」

乳白色的等待筷之剜破的爌肉。

老牌泡沫紅茶坊的手工珍珠並不歡迎鮮奶。奶精與砂糖的懷抱中，他們排練著一萬次齒列的可能性。

學校附近的便當店：只要再努力一點點便能名聞遐邇。

鹽酥虱目魚肚的灰色脂肪是戰略高地，客套而凶狠的木製刀槍在上空揮舞。

對的，對的，炸物的美學。臺灣人擅長在油煙與令人噴噓的香料中為食物黯黯地、夜雨低迴地招魂。胡椒鹽，辣椒粉，話梅粉，大蒜末就是鞭炮，綠眼睛的九層塔就是金紙銀紙——有沒，有喔，大辣不切，小辣要切，全都灑落並在限定的時空中抖一抖——遊戲中威靈無極的食之魔獸3D顯形，凌空龐大旋轉，測不到一絲重量。

我們現在來到了一盤蚵仔酥前。島國一日庸常，在歐陸是無垠的奢侈。一盤蚵仔的前世今生，像三稜鏡折射出無限色光一樣，在地球儀上放射出了生蠔、蚵仔湯、乾蚵仔、蚵仔嗲、蚵仔煎、蚵仔酥。生蠔與蚵仔酥是光的兩端，媚世者眼中的雲與泥，最高與最低。但不是的，不是這樣的。最極致的俗豔中會長出最深刻的美，就好像漫畫中打敗矜貴的天之驕子者，總是初心最熱血的少年。

或是營養三明治。它可能是一艘幽靈船，承載著食物、風土與殖民三重交錯的亞洲史。它像是流散巴黎、臺北、西貢、聖荷西街頭的Bánh mì，更濃、密、馥、膩的兄弟。深目高鼻的殖民者、同盟者來了又走，在越南留下Bánh mì，在日本留下漢堡排與咖哩飯，在韓國留下部隊鍋，在臺灣留下美而美與營養三明治。人說巴黎長棍天下絕，按圖索驥每年金榜尋芳，我說你們炸它嗎，他們說炸，怎麼可能，炸長棍能吃嗎。我說當然能，在我的國家，亞洲最東邊一個寂寞的小島，我們什麼都炸，包括你們的長棍麵包。我們炸你們的長棍麵包，加上你們的美乃滋、你們的蕃茄、你們的黃瓜，用你們的碎片創造我們的祕境。於是，我的臉被異國的氤氳花萼一般托著，旋轉，上升，在巴黎上空變成巨大的亞洲愛人廣告飛船。

臺式日本料理，臺式泰國料理，臺式越南料理。精緻腿庫定食，玉米筍沙拉，月亮蝦餅，加了珍珠的摩摩喳喳。在異國想像在家鄉吃異國料理，穿透了陌生尋找熟悉，熟悉裡包著的核又是那麼陌生。每想像一次，都像藝玩一個裡面還有、裡面還有、裡面還有的俄羅斯娃娃。

猶豫著接下來要寫炒水蓮，炒山蘇，橘醬土雞，還是烤魚下巴，客家小炒，炒檳榔花，嘴巴卻盈滿了甜蜜蜜的暗示。那一道菜，一生中沒有吃過太多次，像刈包，但更薄、更紮實，有鴻鵠而起的芬芳——富貴雙方。火腿偎倚著素方，夾入綿軟軟的白麵皮中。吃一口富貴雙方，就是一次喜宴的記憶轟然回歸。新人像火腿與素方睡在軟綿綿的床上。是了，便是要以富貴雙方作結，因為當年在國中門口怯生生買了炸甜不辣的那位男孩，也許終於等到了今天，可以跟另一半笑語盈盈，現場千人鬧而他們心犀相通俱靜，對坐富貴雙方前。

飽暖便應慷慨祝福。恭喜在最自由的島國臺灣——新生的璧人。

在巴黎，我亞洲的身體

我在床上多角度地燦爛，他千針亂愛地賞玩。潮到最高處，我繃成一座東方的彩虹。窗簾將摩洛哥男人可能的目光擊墜，因之有情，像要滲水。

清晨，我思索：這意味著什麼，在巴黎，我亞洲的身體。

●

同學皮耶是美男子。此之謂美男子，是以亞洲的眼睛觀歐洲的身體之果。鬆鬈如獅的棕髮與鬍，扎出領口的胸毛，天空色的眼睛，一百九十公分的身高。彷彿是至善身體的刻板印象煉成的。釜如貝殼打開，他從釜中起立。

同學霞辛是美男子。此之謂美男子，是以亞洲的眼睛觀非洲的身體之果。鋼線般的髮，耀目的烏膚，不阿的臉廓，細膩的鬍髭。他走過學校圖書館玻璃空橋，天地萬物盡退隱，唯見一雙他晶瑩的眸珠。

皮耶愛說：Je suis désargenté.「我鍍銀掉了。」明明整個人閃亮如斯。後來，法文的進步帶我去他方，我於是曉得了皮耶要說：「我口袋空空。」

皮耶口袋空空。皮耶愛咬指甲。皮耶說話，細碎溫柔。皮耶在書店當店員。在那裡，皮耶高踞祖先惠澤的身體資本，與亞洲富國遊客的經濟資本無聲交鋒。書在對話，他們在交鋒。

霞辛是蘇丹難民，臉書底圖放法農[1]，塗鴉牆滿是他用阿拉伯文創作的詩。我按下翻譯鈕，得到不通的文句：

村莊的內臟正在爆炸無限的句子
自卑感的化合物
我們甚麼都沒做，只是反抗我們的形象
#…#…#…#…
必須把玫瑰給營地的孩子
寶寶在他服用毒品的時候回來了
早點去巴黎索邦尋找他的兄弟非洲
舞蹈已經成為子彈的鉛
未來變成了他們的黑大腦
沒有真正公平的黑獅子的數量
戰爭在黑色帶

1 Frantz Fanon，作家、第三世界革命家。

#!.#!.#!.#!.#!.#!.#!.#!.#!.#!.#!

一種像長矛一樣的語言，從地球的身體，通過傷口的天空

他已經轉身，服用了一劑量的種族

我們變成黑色，它是積極的，我們轉向黑色，它比白色更重要

#…#…#…#…#…#…

因為魔鬼不是黑色

#…#…#…#…#…

一個黑色的原則

蘇丹稱為黑土地，阿拉伯人在開羅，和黑人一起來到太陽

#我—非洲—愛—蘇丹

全班十八個人一起拍了短片。短片中我們朗誦自己的詩。你可以看見，播到我的部分，五官就塌了下去。沒有峰與谷與黑森茂野，只有沖積

扇與小稻田。這世界畫素太高，自卑便無所遁形。二十一世紀以降的亞洲大平反，先從經濟始，後及政治與軍事，身體最後跟上。五十年後，亞洲已富裕了一百年，我們仍將以歐洲人之美為美。審美跟不上政軍經。也許再兩百年就跟上了。兩百年後我們都死了。而皮耶與他女友將有一座墓，墓上有他們的菜市場名：皮耶與瑪麗。她，荷蘭人，跟他一樣高。

皮耶在短片中咬指甲。

霞辛沒有朗誦自己的詩。

霞辛朗誦梵樂希。[2]

我的詩很美。

●

2 Paul Valéry，法國象徵主義詩人。

我脫去上衣，在最中肯的時刻拉開窗簾。摩洛哥男人一如昔往在窗邊。太陽對了的時候，他會與我重合，他光我影，他影我光。抽菸，打赤膊，正臉朝我。太陽縫上他的絡腮鬍，鬍像銳利的陶瓷刀。他從伊斯蘭細密畫裡走出來，觀看我亞洲的身體。我透過玻璃般亮晃晃的空氣，觀看他北非的身體。我窗下有櫻花，他窗下有棕櫚。隔著枯榮倏忽的花園，我與他的身體互為鏡像。

一張世界地圖輕輕緩緩飄落我們社區，重合我與他所居的樓宇。以地理位置來說，我們的花園就是我們的歐洲。

之前在法國的論壇看見的：一個亞裔鄉民上網求救，說他只有五公分，迄如今不敢牽女生的手，怕那玉手一探，天機一破，他生命的意義會像一顆落地的蛋。

引來了眾聲關切。沒有幾多人笑他，喧嘩的都是殷殷垂詢。一北非鄉民回文，說自己的二十公分已經造成困擾，不過五公分微誇張了，他知道有矯正手術可以介紹。另一北非女鄉民大聲疾呼的是愛。她倡議她的觀點，認為愛能治癒一切病，是一切藥。倒很溫馨。偉大的多元民族國家。

抖了菸灰，復又靜定未動。臂上的微血管清晰可比經咒。當他觀看我亞洲的身體，他在想些什麼？

●

然而，什麼是亞洲的身體。這個世界對歐洲的身體已知曉得太多，恩寵得太多，以至於身憑亞洲軀者自己淩滅了自己。

對鏡而鏡面灼焚，鏡中無人。大殖民如天火燒去幾億人的美，灰燼中重新豎立了一尊異國邪之美神。佛與魔與曼陀羅從西方來，亞洲人從此鏡中唯見他們的變相，不見了自己。

亞洲的身體與亞洲一樣模糊。亞洲是歐洲的產物。而歐洲：基督宗教畫出的青色剛線。亞洲由歐洲命名：希臘文 Ασία，到拉丁文 Asia。亞洲由歐洲定義：同一陸塊上非歐洲的總合。昔往，亞洲人不知自己住亞洲，亞洲人不知自己是亞洲人。亞洲人說自己住：禹貢九州，日出之國，八荒六合，三千大千世界。亞洲人說自己是：人。歐洲來了，他們的神為宇宙框選了宇宙，他們的人為亞洲框選了亞洲。亞洲是所有非歐洲的物的聯集，歐洲的絕對差集。歐洲是同質的，亞洲是異質的，有青赤黃白黑各色人種，儒道釋耶回五大宗教，身體美學從高加索山一路萬花筒至日本列島。後來全毀了。亞洲人不再是人，只是名喚亞洲人之物，一種被古陸西北，高目深鼻的民族當成奇珍玩賞收納的人形之物。

你沒有到過巴黎，不知道那邊的家樂福最暢銷的是什麼，是工廠量產的佛頭，齊頸而切，擺在窗簾跟酒杯旁。佛也是亞洲人。

東方的身體變成了戰場，東方被西方通了電，亞洲的身體從此帶了磁性，亞洲的身體在審美的導引中紛紛起立，旋轉，自己反論自己，自己否證自己，逼近那永在極樂世界的西方完型。

獨領風騷的東亞整型術，不是往自身千年之美的傳統集中托高，反而乞靈於閎大陸塊的西極；於是，東之民逐漸相似於西之民，歐亞大陸的美學是橫跨一萬公里的莫比烏斯環，夐遠的異世界，只是家鄉彎曲的倒影。

在亞洲，我對自己的身體一無所悉；到歐洲，才發現自己以身體背負了整個亞洲。在臺灣，身體以老、少、高、矮、胖、瘦去理解，身體不以地域去理解。在巴黎，我搭地鐵，嘈亂中總有帶了陰影的好奇，乘著眼神的風，交付給我如花之身。像禮物。怯生生。是的，他們在看我，彷彿我是聖哲曼德佩的最高花。我有了自覺，我在自己的身上看見了浮水印。我玄黑的眼珠，筆直的體毛，成為目光游獵的收納物，像他們的祖先屠戮森林的部落，收納他們的頭蓋骨。巴黎的地鐵中，我為兩百二十萬雙歐洲的眼睛定義他們的祖先定義過的陸域與民族。

謝謝他們。謝謝你們。亞洲之眼妄念歐洲身體，歐洲之眼妄念亞洲身體。在交織的箭矢中，我的自我意識痛苦而愉悅地雕鑿完成。

我在此，但我亞洲的身體缺席。歐洲人逛美術館，看見自己的身體無所不在，無所不能。神話飛升，金袍皇冕，殉教僧衣。前一刻是海中出土的希臘雕像，此一刻是荷蘭黃金年代的新教士紳，頸子安在蕾絲圈圈中，下一刻將是野獸派筆觸濃冽的自畫像。歐洲的臉孔在歷史中變之又變，歐洲的身體被歐洲的藝術以千光萬彩的方式再現，寫實，抽象，團體，獨影；然後是大殖民，歐洲的藝術重合全球的藝術。白人在全球的藝術看見自身被再現，被謳歌，被演繹。整個藝術史是白人自己畫自己的歷史；他們走進美術館，就走進了幻真難辨的角色扮演。義大利小流氓與酷肖他的羅馬皇帝銅雕自拍。大衛像前，幫我拍照的人激似大衛複製品，仿佛大衛的精魂幫我與大衛的肉身合影：我前，我後，都是大衛。透過觀展，他們的自我得到了正增強：「我如是平凡一個人，也值得被繪事後素兩千年。」

至於黑，崇隆深邃的黑：下降、後退，背景、反襯、第二義。一具非洲的身體來到美術館。他看見自己是撒旦，是蠻荒，是半獸，被白色的耶穌降伏；是船貨，是巫蠱，是隨侍在側、捧著鮮花的女奴。美術館狙擊了非洲的身體。

至於亞洲的身體，是零，是無，有天地以來未存在過。我駕駛著我亞洲的身體突入展場，像坐輪椅者闖進缺乏無障礙設施的尊貴空間——輪椅甚至是空的。我彷彿為了填補空缺而來。沒有人請我出去，沒有人跟我說話。我無聲，我透明，他們的視線穿透我，望著擺置東方的雞尾酒。我感到一種綿延千年的茫然。

我誦畢我的手稿。卻只有一片寧靜，伴隨沒有表情的天空，占據這郊區劇院的斗室。十七個人有十七種眼神。

這間戲服室裡，高懸的歐陸歷代袍服下，我們纏綿了幾個月的書寫工作坊，在顏色的迸現中畫下了句點。

事後，皮耶不同意我。他說：沒有這麼複雜。

霞辛不同意我。他說：沒有這麼簡單。

我說：皮耶，你知道你占上風，你選擇不去面對。或你面對了，你不說你的苦甜。

我說：霞辛，不困難。我注意到了你的美。你黑色的美被白色的透鏡否定了，你與你的蘇丹原更輝煌。

霞辛說：你用來觀看我的，是歐洲的眼睛。你稱讚的不是我的美，你稱讚的是如我這般，恰好靠近歐洲美的非洲身體。你曉得非洲身體的美的傳統是什麼嗎？我據此並不美。你曉得以歐洲之美審判非洲身體，造成多大的苦難嗎？你曉得盧安達大屠殺也來自美的宰制嗎？[3]你亞洲的身體上，一雙歐洲的眼睛，看我變形，看自己歪斜。非洲的身體努力摘掉歐洲的眼睛；亞洲的身體，何時有亞洲的眼睛？

我駕駛著亞洲的身體，離開了皮耶與霞辛。

地鐵十三號線，我嵌入向晚的人群，像金繼（kintsugi）的一縷金泥。霞辛發表了新的詩。

我按下翻譯鈕，卻什麼也譯不出，只知道主題是：身體。

天方字母，黑色時特別美，翻譯鈕閃亮亮，像我白色的眼睛。

●

至美的高潮後，我與他開始交往。他是我以愛和性逼出自己輪廓的旅程中，唯一認不出族裔的人。但他不模糊。他如刀鮮明。凌厲到滲了點血。與各族交會來重建自己，像用鉛筆拓印硬幣，藉由：我不是，來定義：我是。逆料之外的，是我亞洲的身體，一路張燈結綵被吟哦。他們拓印出我原以為無的美。

3 研究指出，歐洲殖民者以身體外貌與階級為據，確立了盧安達的種族之分，種下了內戰與大屠殺的遠因。

交往前，我最後一次盛放，窗簾卻忘了拉上。我們倒進沙發床時，摩洛哥人正倚窗，在我的鏡像處，抽菸。

隔天是巴黎大遊行。日光如刀，我匆匆著裝，衝下樓去。林蔭道上，有一人阻我去路。是摩洛哥人，我親愛的鏡像，絡腮鬍無懈可擊，頰上有小彩虹旗。他的身體與他的國家一樣，是邊界，是「都是」，往北是皮耶，往南是霞辛。他擁有的，我都沒有；我擁有的，他都沒有。然後他跟我說：「你漂亮。」不曉得說的是我之如今，還是我盛放至美高潮時。我大笑，說：「你也漂亮。」輕輕吻了摩洛哥人。不能說沒有遺憾。

洶湧的人潮中，我看見了那族裔未能定義、愛卻定義於我的他。他悄悄一笑，怔怔觀看我。他沒有看見巴黎，沒有看見亞洲，沒有看見身體，只看見了我。

（本文獲二〇二〇年時報文學獎散文首獎。）

〔跋〕

新銳

最近常常看見，同年的、甚至小好幾歲的朋友開始推薦比我們更年輕的寫作者。小五歲的，小十歲的，而終於來到小十五歲的。他們推薦的音聲氣態是那樣赤誠，彷彿他們盡了責任，剛剛掘出了文學最真心的寶貝。

即是說，另一代的新銳，即將張燈結綵走出來。

看著這幾位老朋友的容顏，好像什麼都沒變，跟我十二年前認識他們一樣。甚至還能說，我感覺他們如今更顯年輕——十二年可以改變很多，伴侶，穿搭，生死，心情。我們都學會了怎麼剪頭髮、穿衣服。

到之後，抽出十二年前的相片，才發現我們老了好多。小鬍子跟魚尾紋。

這邊的老，是相對的說法。五十到六十二歲，二十到三十二歲，零歲到十二歲，都是老。

十二年前，三大報文學獎仍然是三大報文學獎，是新銳的我們，穿了自認最美麗、最昂貴的衣服出席頒獎典禮，發表了感言然後流淚。十二年之間，我們這一代的寫作者被WIFI隱形的海浪，一陣陣湧堵著沖上聲光絢爛的數位荒島，學習怎麼樣在劇變的文學場域與各種力場互動。於是漸漸也會講話了，也會怯怯或確確地點評他人作品了，也在文學營的慶功餐會裡言笑晏晏了。心心念念幾個好的寫作念頭，儼然對自己的創作是有信心的，睡夢裡，笑成彎月的眼睛眨了一下，忽然就十二年後。

於是就發現，不再是筆陣裡最小、最備受期待、做什麼人家都娃──好厲害的那一位。就好像出了社會，進入就業市場，表現好是應該，表現不好的話，也許就開始考慮轉行。

就好像一片海灘，正對著無窮無盡的希望之海。我們原本棲居海景第一排，屋前有浪，屋後有花，不必摩頂放踵，就有豐富魚蝦。有一天，我們的面前就開始整地，打樁，灌漿，蓋起了新的海景第一排。生肖走一輪，海就往後退一排。終於退到了高原上，遠遠的某處有歡笑與白沫拍岸的聲音，蜂鳴也似、針尖也似，挑弄著微帶憂傷的耳鼓。

●

我在想，新銳兩個字是什麼意思。

銳就是利，就是發高音，就是劈得開，就是橫掃萬有的明晃晃的刀光。

讀了他們推薦的寫作者的作品。真的好。清澈不能言，換了一種方式發出世界的新聲音。冷靜的書寫，不濫亦不蔓，將理論（如：社會學、女性主義）與經驗（如：情感處遇）以原生資訊世代——數位工具是他們的母語——特有的萬亂中，一顆清淨心發光芒的這種凝觀之態，整理妥當，然後節奏盈滿地噴湧而出。與我們一整代影視化與否的焦慮不同，他們沒有被衝擊，衝擊波對他們來說是透明的穿過身體的風，是WIFI；我們學游泳，他們是魚。我們是情感互動被GPS交友軟體——普羅的，分眾的，同性戀的，異性戀的——革了命的第一代人，控制不住就衝了出去；他們一進青春期，就乘著衛星座標的數位翅膀將愛情運送到了遠方，像搭捷運那樣自然而然，天然，怡然。

我寫的，大概就是一個舊了、鈍了，卻又只比如今擔當「新銳」的一代，大上幾歲到一輪的寫作者的心情。新銳，對輩份差距大的寫作者來說，可能是一種外星的聲音，也許悅耳，也許光怪陸離。對只差一代、一輪的寫作者來說，「新銳」代表的卻是：更能抓住他們深浸其中、想要表現卻往往太過用力、刻意、炫技的事物的一群人。

我們視為奇珍之題的，是他們俗日的空氣。我們太過得意刻劃出來的，他們素手點染，只道是尋常。人類世在某些命運的時刻會有政治、經濟、社會，乃至生活方式的重大變革。見證了變革或寫作後才發現身在變革之中的寫作者要表現這個變革，有時候會像太老了才學外語的人，心清鏡亮背後的原理，但講出來就是不道地、不自然。他們的下一代在變革開始甚至終了後入行、成長，不費力地張開毛孔，以感知攝受身邊乃至萬有這新的一切，要表現這個變革就像小朋友說母語那樣自然。

這是新銳的另一種詮釋。

忽然也發現到了整個文學場域的變動，從紙面到螢幕的重心移轉，讓我們這一代有幸承受這些寬厚與溫柔：我們擔當「新銳」的時間特別長，長到了十年、十二年，長到了生出翅膀，像彼得潘，活在掛滿黑色天鵝絨與金色小星星的夢中，幻想著有一天我們終將獨當一面。企圖長大，卻又抗拒長大。或者說，我們睡著了，睡夢中，身體漸漸發育出性徵而又漸漸老去；我們夢見了自己是一個幻想長大的小孩。有一天就會醒來，發現自己真的長大了，卻不是夢裡想的那個模樣。

有沒有人數十年過去了，仍然是新銳作家？

●

後來想想，把檢視的尺度拉到整個人類文學史，就能夠多一點期待，少一點憂傷。

那些最古典、最權威、「所有大姐頭裡，我最大」、「生來世上就是，媽斗明星」，是「這個世代，最大尾的卡司」（張婷婷，〈BoBoBo〉，2016）的文學巨筆，當年也是一個個的新銳，眾人對著他們狂喊：小帥弟，不要停，不要停，不要停，一起——在文壇——Play（張婷婷，〈迪迪不要停〉，2015）。對歐陽脩來說，蘇東坡就是當年的小帥弟；如果宋朝就有《印刻文學生活誌》，蘇東坡會先登上「超新星」專欄。

又還有法國的韓波，詩之質地——以今天的話來說，就是很、狂、很、煞、氣——驚豔了大他十歲的魏爾倫——以今天的話來說，就是「詩壇長輩」。最後甚至引爆了一場整個時代都還沒準備好的禁斷之愛——以今天的話來說，就是才貌雙全的新銳帥弟傾倒了詩壇及其長輩，與這位長輩、他的婚姻、他的人生，開展了一場靈肉交織、汗血淋漓的辯證關係。他們要是能活到今天，也許晚年的時候，便上「相對論」或「鏡相人間」暢談人生，五月二十四日在區公所邊吵架、邊結婚。

放到了文學史的尺度來看，就會發現新銳是相對的，其實也就是先、後、先、後、先、後……，以迄如今。

不禁淘氣又大膽地，幻想了：如果歷史能捲起來，這頭接那頭，變成一捲時髦的手環，或更進一步，變成無終無始的莫比烏斯圈，那，會不會我們有一天可以是前輩，荷馬可以是新銳？

這樣想，好敢，好自由。

於是就能：

欣喜地閱讀著如新書新刊有印刷廠餘溫的新銳之作，接受自己這十二年間確實有失有得，有岔路的隱約之花，有透明的移動著的玻璃牆，有走到無路可走眺望斷崖巨河的絕望與重逢。

努力過了，新銳的指涉，就從一代代流轉著的銜稱變換為對自己作品的期許。希望能持續開掘新的意義，有機會繼續慢慢刻字到老，心與筆常磨，仍有望鋒銳無匹。

新人間叢書 315

時光莖

作　者——林佑軒
執行主編——羅珊珊
校　對——林佑軒、羅珊珊
美術設計——朱　疋
行銷企劃——吳儒芳

總編輯——胡金倫
董事長——趙政岷
出版者——時報文化出版企業股份有限公司
108019台北市和平西路三段二四〇號四樓
發行專線——（〇二）二三〇六六八四二
讀者服務專線——〇八〇〇二三一七〇五　（〇二）二三〇四七一〇三
讀者服務傳真——（〇二）二三〇四六八五八
郵撥——一九三四四七二四時報文化出版公司
信箱——10899台北華江橋郵局第九九信箱

時報悅讀網——http://www.readingtimes.com.tw
思潮線臉書——https://www.facebook.com/trendage/
時報出版愛讀者——http://www.facebook.com/readingtimes.fans
法律顧問——理律法律事務所　陳長文律師、李念祖律師
印刷——勁達印刷有限公司
初版一刷——二〇二一年一月二十二日
定價——新台幣三八〇元
（缺頁或破損的書，請寄回更換）

時報文化出版公司成立於一九七五年，
並於一九九九年股票上櫃公開發行，於二〇〇八年脫離中時集團非屬旺中，
以「尊重智慧與創意的文化事業」為信念。

ISBN 978-957-13-8513-6
Printed in Taiwan

時光莖／林佑軒著. -- 初版. -- 臺北市：時報文化出版企業股份有限公
司，2021.01
面；公分.
ISBN 978-957-13-8513-6（平裝）

863.55 109020755